I0562573

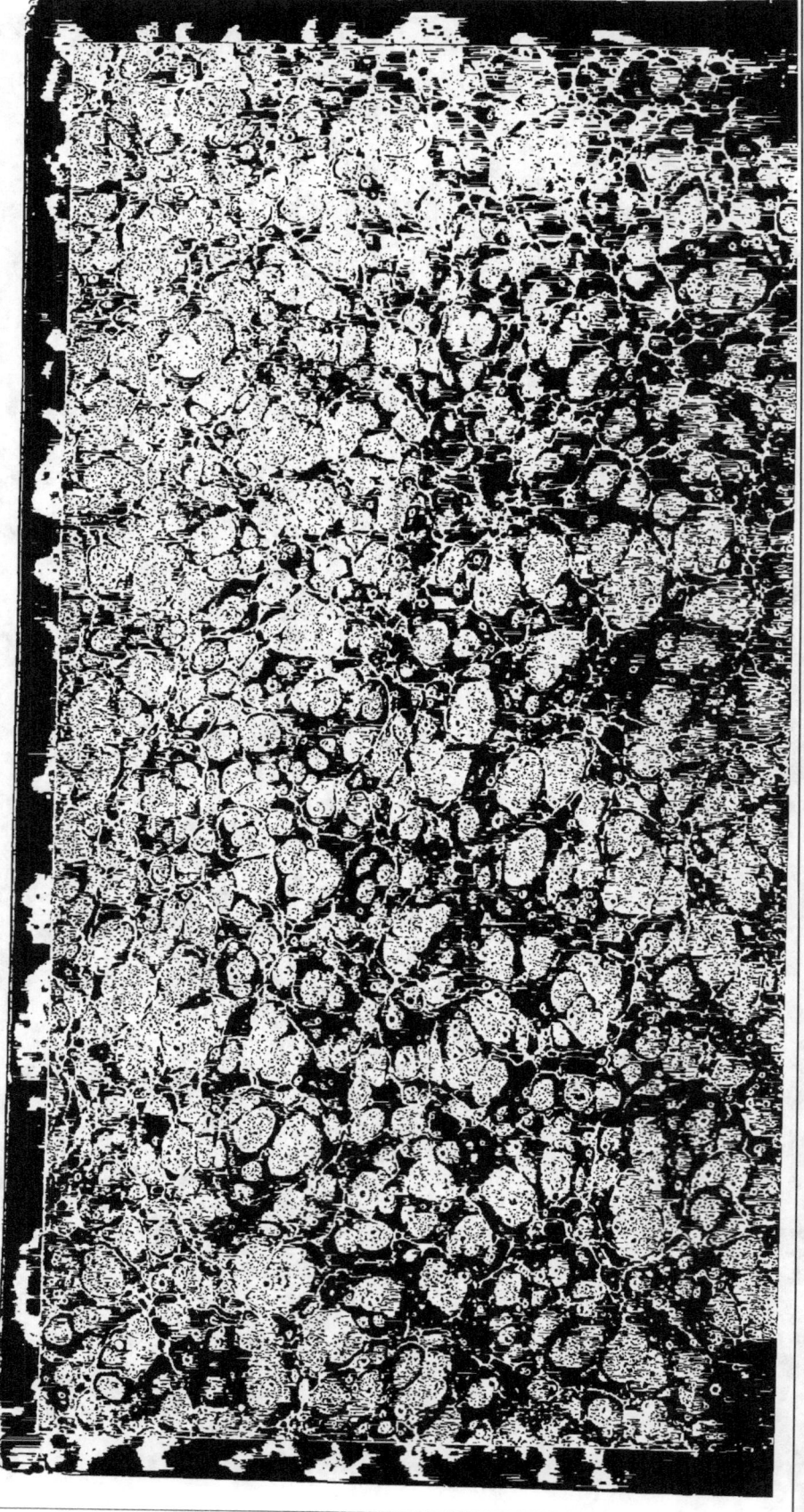

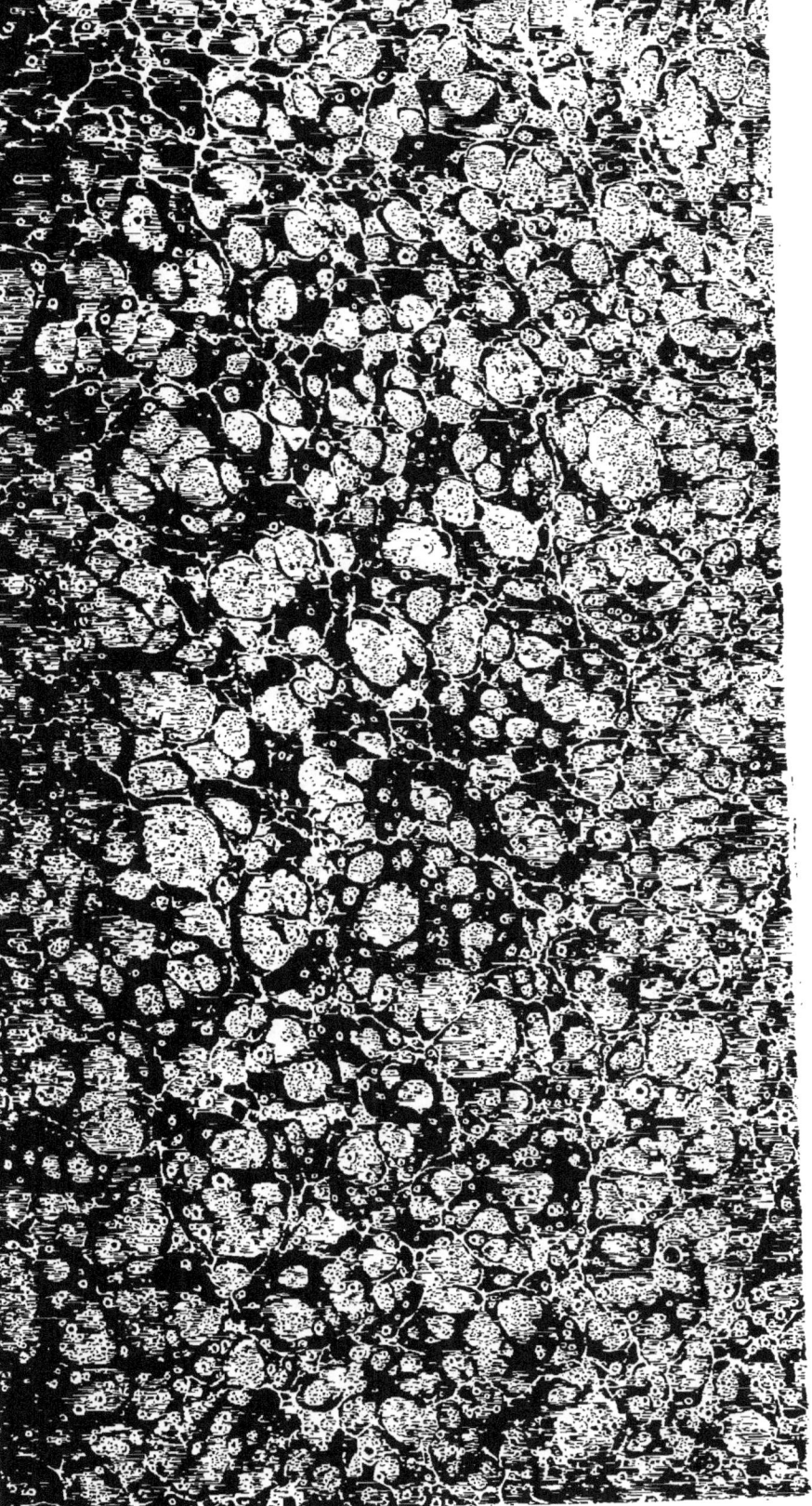

COLLECTION

DE PIÈCES IMPORTANTES,

RELATIVES A LA RÉVOLUTION FRANÇAISE;

PAR LES HOMMES QUI, COMME FONDATEURS DE LA REPUBLIQUE OU COMME DÉFENSEURS DES PRINCIPES MONARCHIQUES, EN ONT ÉTÉ LES AUTEURS OU LES VICTIMES.

CETTE COLLECTION SERA COMPOSÉE,

De Mémoires historiques, Poésies révolutionnaires et contre-révolutionnaires, Brochures intéressantes, et autres écrits classés selon l'ordre chronologique, avec des notes et commentaires.

ORNÉE DE FIGURES,

Représentant les principaux événemens, et les portraits des Auteurs et des personnages les plus remarquables.

Imprimée sur papier fin satiné : 50 volumes in-18 et in-12. Prix, pour les souscripteurs, in-18, 2 fr.; in-12, 3 fr. le vol.

ON SOUSCRIT A PARIS,

A LA LIBRAIRIE HISTORIQUE. RUE ST.-HONORÉ, Nº 123, ET RUE DE L'ARBRE-SEC, Nº 26.

1821.

La première livraison a déjà paru, et contient:

LES CONSTITUTIONS DE LA FRANCE, depuis celle de 1791 jusqu'à la Charte constitutionnelle, avec des commentaires et une introduction sur les événemens qui les ont amenées; les lois transitoires et organiques; par LÉON THIESSÉ, 2 vol. in-18, fig., 4 fr. Le même, in-12, 6 fr.

HISTOIRE ABRÉGÉE DES RÉVOLUTIONS DE LA FRANCE; par THOURET, 1 vol. in-18, 2 fr., et 1 vol. in-12, 3 fr.

PRÉCIS DE LA RÉVOLUTION FRANÇAISE; par RABAUT DE SAINT-ÉTIENNE; nouvelle édition, complète et augmentée des réflexions du même auteur, 1 vol. in-18, figures, 2 fr., et in-12, 3 fr.

TABLEAU DE LA RÉVOLUTION FRANÇAISE, depuis son origine jusqu'en 1814; par M. DE NORVINS, membre de la Légion-d'honneur et de plusieurs Académies, l'un des rédacteurs de la Biographie nouvelle des contemporains, 1 vol. in-18, br., 2 fr., et in-12, 3 fr.

La deuxième livraison, contient:

POÉSIES RÉVOLUTIONNAIRES ET CONTRE-RÉVOLU-TIONNAIRES, ou Recueil, classé par époques, des Hymnes, Chants guerriers, Chansons républicaines, Odes, Satires, Cantiques des missionnaires, etc., les plus remarquables qui ont parues depuis trente ans, 2 vol. in-18, 4 fr. Le même, in-12, 6 fr.

DE L'INSURRECTION PARISIENNE du 14 juillet 1789, et de la prise de la Bastille; par DUSSAULX, membre de l'Académie, 1 vol. in-18, fig., 2 fr., et in-12, 3 fr.

MÉMOIRES SUR LA BASTILLE; par LINGUET, suivi d'anecdotes sur ce château fort, et sur les prisons d'état, 1 vol. in-18, fig., 2 francs, et in-12, 3 fr.

MÉMOIRES DU GÉNÉRAL DUMOURIEZ, écrits par lui-même, précédés d'une notice sur sa vie, avec portraits; ouvrage du plus haut intérêt, soit en politique, soit sur les premières campagnes de la révolution, 2 volumes in-18, 4 francs, et in-12, 6 fr.

PROSPECTUS.

CETTE COLLECTION a pour but de faire
connaître les dangers des révolutions, de si-
gnaler les nombreux écueils dont elles sont
semées ; c'est assez dire que c'est un ouvrage
destiné à l'éducation politique de la jeunesse, et propre à lui faire connaître, par
leurs propres paroles, et les hommes qu'elle
doit vouer à un juste mépris et ceux qui ont
acquis des droits à sa reconnaissance ; les
événemens qui ont eu des causes ou des
résultats honorables, et ceux qui ont illus-
tré l'époque. Il n'y a qu'une manière d'é-
crire avec fruit l'histoire contemporaine,
et cette manière n'a encore été suivie par
personne. Tous ceux qui, jusqu'à ce jour,
ont voulu être les historiens de la Révolution française, n'ayant point été eux-
mêmes acteurs dans ce grand drame politique, ont rapporté les faits comme ils les
avaient entendu raconter : trop de gens ont
marché sur leurs traces. Nous avons pensé
qu'une histoire qui aurait pour auteurs,
que des principes qui auraient pour défenseurs ou pour adversaires les hommes mêmes qui avaient eu la plus grande part aux
événemens, la plus grande part à la pro-
pagation ou au discrédit des opinions

révolutionnaires, était la seule histoire contemporaine qui mériterait quelque confiance. Nous avons pris nos historiens et nos publicistes dans les hommes les plus distingués de tous les partis ; c'est ainsi que, dans notre Collection, les mêmes événemens seront toujours racontés par des hommes qui ont soutenu avec un égal courage des causes différentes. On verra les défenseurs du trône combattre sur le même terrain où les fondateurs de la République préparaient les événemens qui devaient consacrer leurs principes. On les verra, fidèles chacun à la cause qu'ils ont embrassée, monter ensemble sur le même échafaud, et remettre aux mains du bourreau une vie où la faiblesse n'aura point pris la place de l'exagération. Nous avons voulu réunir dans un même ouvrage ceux dont la vie avait été signalée par une conduite et des principes différens, et qui ne s'étaient trouvés d'accord entre eux qu'au moment où ils voulurent mourir fidèles à leur religion politique. C'est ainsi que, dans notre Collection, le poison a toujours été à côté du contre-poison ; que les faits, que les opinions sont toujours en présence ; que chacun aspire au triomphe, et que le lecteur est toujours mis à même d'en décerner les honneurs à la vertu, au courage et au talent.

La collection suivra l'ordre chronologique des événemens.

CONVOCATION DES ÉTATS-GÉNÉRAUX ; TARGET.

ÉTATS-GÉNÉRAUX ; LAURAGAIS, D'ANTRAIGUES, l'abbé SABATHIER, CÉRUTTI, DUVEYRIER, GRENIER. MÉMOIRES DES PRINCES.

ASSEMBLÉE CONSTITUANTE ; RIVAROL, SIEYES, D'ESCHERNY.

14 JUILLET ; DUSSAULX, LINGUET.

5 ET 6 OCTOBRE ; MOUNIER, CHABROUD.

CATÉCHISME DU PÈRE GÉRARD, par COLLOT-D'HERBOIS.

CODE révolutionnaire et rapport, par BILLAUD-VARENNES.

ÉMIGRATION ; CONDORCET, BRISSOT. PASTORET, LALLY-TOLENDAL, VIENNOT-VAUBLANC, BOULAY (de la Meurthe).

20 JUIN ; GIREY-DUPRÉ. Procès-verbal de cette journée. Mémoires du général BOUILLÉ. Procès-verbal des commissaires MAUGIN, LIANCOURT, BARNAVE, SALLE, PETHION. Procès-verbal de ce qui s'est passé dans la ville de Clermont.

10 AOUT ; PELTIER, MATHON DE VARENNES.

21 JANVIER ; VALAZÉ. Rapport sur la mise en accusation. Défense de Louis XVI, par M. DESÈZE.

31 MAI ; LOUVET, GORSAS, DULAURE, KERVELEGAN, AMAR.

9 THERMIDOR; COURTOIS, VILATTE, TAL-
LIEN, LOUVET, DUSSAULX.

RAPPORTS de ROBESPIERRE, de SAINT-JUST,
de MARAT, DANTON, LEGENDRE, COU-
THON, CARRIER, FRÉRON, BILLAUD-
VARENNES, COLLOT-D'HERBOIS, VER-
GNIAUD, GUADET, GENSONNÉ, CON-
DORCET, ISNARD, BARRÈRE. GRÉGOIRE,
CAMBON, HÉRAULT DE SÉCHELLES, etc.

AFFAIRES D'AVIGNON, FROMENT, ANTO-
NELLE.

PRISE DE TOULON, JEAN-BON-SAINT-ANDRÉ,
GAUTHIER DE BRÉCY, IMBERT, ABÉILLE.

COMITÉ de Salut public.

LES CRIMES de ce Comité, par LECOINTRE (de
Versailles), SALADIN, GUFFROY (dit ROU-
GIF), et ANDRÉ-DUMONT.

CONQUÊTE de la Belgique.

RAPPORT par GOSSUIN, TREILHARD, MER-
LIN, LA REVEILLÈRE.

MÉMOIRES de BAILLY, 4 vol.

MÉMOIRES de NECKER, 4 vol.

MÉMOIRES du général DUMOURIEZ, 2 vol.

MÉMOIRES de BASSEVILLE, 2 vol.

MÉMOIRES de LATOCNAYE, 1 vol.

MÉMOIRES de PUYSAYE, 4 vol.

MÉMOIRES de BOUILLÉ, 2 vol.

RÉVOLUTIONS de Paris; LOUSTALOT, SYL-
VAIN-MARECHAL.

PRISONS; RIOUFFE, JOURGNIAC DE SAINT-
MÉARD.

GUERRE de la Vendée; HENTZ, WESTER-
MANN, VAUBAN. BOURNISEAUX. SA-
VARY, PHILIPPEAUX, THUREAU, CHOU-
DIEU, LANGEVIN, PUYSAYE, ROUSSE-
LIN, dans la vie du général Hoche.

C.-G. BABEUF, Vie et Crimes de Carrier.

SIÉGE de Lyon; GUILLON, DELANDINE, etc.

CAMP de Jalès; CARION DE NIZAS, RÉNÉ DE
BERNIS.

EDMOND BURKE, sur la Révolution de France.

RÉPONSE des patriotes anglais, à ED. BURKE.

CAMILLE-DESMOULINS, le Vieux Cordelier, etc.

CORRESPONDANCE du général MONTESQUIOU;
les Considérations du même sur l'état de la France.

LES MÉMOIRES de GARAT.

LES 2 ET 3 SEPTEMBRE; MATHIOT DE LA VA-
RENNES, SICARD.

LE 12 GERMINAL 1794; GORSAS, LOUVET.

LE 20 PRAIRIAL 1795; TISSOT, GOUJON.

LES SOTTISES DE LA SEMAINE, par MARTAIN-
VILLE.

LE CONSERVATEUR DÉCADAIRE, par ROUSSELIN.

LES LUNES du COUSIN-JACQUES, par BEFFROY
DE REGNY.

INFLUENCE de Montesquieu sur la Révolution française.

INFLUENCE de Rabelais sur la Révolution française,
par M. GINGUENÉ.

MÉMOIRES sur la Révolution, par M. de BOM-
BELLES.

LE 13 VENDÉMIAIRE ; DAUNOU, TALLIEN, RÉAL, DANICAN, AUGUIS, BARRAS.

CAMPAGNE d'Italie; ALEXANDRE BERTHIER, le général POMMEREUIL.

CAMPAGNE d'Allemagne ; ANDRÉOSSI, le maréchal JOURDAN, etc.

14 NIVOSE 1797 ; Rapport de JEAN-DE-BRIE, sur la Conspiration de la WILLE-HEURNOIS, BROTTIER, PRESLE, etc.

18 FRUCTIDOR, CARNOT, BAILLEUL, RAMEL, LEMAIRE, JOB AIME, LEMERER, RICHER-SERISY.

ALLIANCE des Jacobins de France avec les Jacobins d'Angleterre ; par MÉHÉE DE LA TOUCHE.

EXPÉDITION d'Égypte; BERTHIER, ROBERT-WILSON.

EXPÉDITION d'Irlande ; le général SARAZIN.

9 FLORÉAL 1799 ; Assassinat des Plénipotentiaires français à Rastadt, CHÉNIER.

18 BRUMAIRE ; SAVARY, ROEDERER, CORNET, BIGONET.

1815 ; LUCIEN BONAPARTE, FLEURY DE CHAMBOULON, BIGONET, MAYEUX, JOSEPH REY (de Grenoble).

POÉSIES

RÉVOLUTIONNAIRES

ET

CONTRE-RÉVOLUTIONNAIRES,

~~~~~~~~~~~~~

TOME II.

DE L'IMPRIMERIE D'HÆNER, A NANCY.

POÉSIES

RÉVOLUTIONNAIRES

ET

CONTRE-RÉVOLUTIONNAIRES,

OU RECUEIL, CLASSÉ PAR ÉPOQUES,

DES HYMNES, CHANTS GUERRIERS, CHANSONS
RÉPUBLICAINES, ODES, SATIRES, CANTIQUES
DES MISSIONNAIRES, etc., etc.,

Les plus remarquables qui ont parues depuis
trente ans.

TOME SECOND.

PARIS,

A LA LIBRAIRIE HISTORIQUE,

RUE SAINT-HONORÉ, HÔTEL D'ALIGRE, N° 123,
et rue de l'Arbre-Sec, n° 26.

1821.

LA LIBERTÉ,

ODE,

Par le citoyen L.-J.-B.-F. VIGÉE, *ancien*
secrétaire du cabinet de Madame.

Quelle est cette fière déesse
Qui se révèle à l'Univers ?
Autour d'elle je vois des fers
Brisés par sa main vengeresse.
La tyrannie, à son aspect,
Sur son trône craint et chancèle,
Et les peuples, au-devant d'elle,
Courent saisis d'un saint respect.

Fille auguste de la nature,
Liberté ! je te reconnais.
Tu viens combler de tes bienfaits
La race présente et future.
Le Français, au seul nom de roi,
Soulevé contre un long outrage,
S'indigne de son esclavage ;
Le Français est digne de toi.

Quatorze siècles d'ignorance,
Sous le joug le tenaient courbé ;
De ses yeux le voile est tombé :
Un nouveau jour luit pour la France.

LA LIBERTÉ.

Les temps , les esprits sont changés :
Plein de ta présence divine ,
Le peuple a , jusqu'en sa racine ,
Sappé l'arbre des préjugés.

Eh quoi ! l'homme à l'homme osait dire :
« Je suis né roi , tout m'est permis.
» Je parle : baisse un front soumis ;
» Obéissance à mon empire !
» Tremble d'opposer à ma voix
» Une résistance insensée !
» J'enchaîne jusqu'à ta pensée ,
» Et mes seuls désirs sont tes lois. »

Honte éternelle de nos pères !
Par un tel langage insultés ,
Tour-à-tour vendus , achetés ,
Ils n'ont point vengé leurs misères !
Non ! cet honneur nous était dû :
Grâce à sa raison qui l'éclaire ,
La nation se régénère ,
Le despotisme est confondu.

Tombez murailles insolentes !
Écroulez-vous , affreux remparts
Qui dérobiez à nos regards
Tant de victimes innocentes !

Que maintenant notre œil surpris ,
Après votre chute superbe ,
Reconnaisse à peine sur l'herbe
L'empreinte de vos longs débris.

Vous , que le temps en vain révère ,
Bronzes et marbres imposteurs ,
Consacrés par de vils flatteurs
Aux vils despotes de la terre ;
Rampez à nos pieds , abattus !
Vous , pour épurer nos hommages ,
Élevez-vous , nobles images ,
Et des talens et des vertus !

Attentive à ta voix chérie ,
Sur tes pas , sainte liberté !
La sage et douce égalité
Accourt au sein de ma patrie.
L'orgueil a beau lutter encor :
Ses vains hochets vont disparaître ,
Et pour nous vont bientôt renaître
Les jours heureux de l'âge d'or.

Déjà nos campagnes fertiles
Qu'opprimaient d'antiques abus ,
Refusent d'injustes tributs
Au luxe dévorant des villes.

LA LIBERTÉ.

L'agriculteur laborieux ,
Affranchi des maîtres qu'il brave,
Ne va plus , d'une bêche esclave,
Ouvrir le champ de ses aïeux.

Mais que vois-je ? la tyrannie
S'agite et lève ses soldats ;
France ! pour hâter ton trépas,
L'aigle au léopard s'est unie.
Et de ces monstres haletans,
Pour seconder l'avide rage ,
Les ports du Texel et du Tage
Ont vomi tous leurs combattans.

Stérile effort ! ligue insensée !
Le ciel a vaincu les Titans ;
Hercule , à ses pieds triomphans,
Vit tomber l'hydre terrassée.
Tyrans , malgré votre courroux ,
Malgré vos nombreux satellites ,
Malgré vos guerrières élites ,
Vous avez fui devant nos coups.

La France n'est point alarmée
A l'aspect de ce grand combat.
Chez elle tout homme est soldat ,
Toute famille est une armée.

LA LIBERTÉ.

Tremblez tyrans ! vos attentats
Appellent sur vous la vengeance ;
Elle s'apprête , elle commence
Au sein même de vos états.

Votre règne odieux s'achève ;
Le sceptre échappe de vos mains.
Pour les oppresseurs des humains
Jamais de paix , jamais de trêve.
Sur eux le glaive est suspendu :
Que leur sang coule, et qu'il efface
Jusques à la dernière trace
Du sang, en leur nom, répandu !

Liberté ! rien n'est impossible
A qui combat sous tes drapeaux.
Protège un peuple de héros
Que ton regard rend invincible !
C'est ce peuple dont tu fis choix
Pour assurer ton juste empire ;
Que par lui, tout ce qui respire
Adopte et chérisse tes lois !

Que les nations étrangères,
Des féroces usurpateurs ,
Distinguent leurs libérateurs ,
Et tendent les bras à leurs frères !

Liberté ! que tous les mortels ,
Dans les climats les plus sauvages ,
Et jusqu'aux plus lointains rivages ,
Fondent ton culte et tes autels !

~~~~~~

PROCÈS ET MORT DE LOUIS XVI,

Fragment d'un poëme sur la révolution,

Par M. L.-J.-B.-F. VIGÉE.

Pardonne , Dieu puissant ! dans ta colère auguste ,
Tu laissas quelquefois couler le sang du juste ;
Mais du meilleur des rois quand tu proscris les jours,
A nos larmes du moins permets un libre cours.
L'instant fatal approche. Exécrable journée !
La victime à l'autel en spectacle amenée....
D'une honteuse mort les horribles apprêts.....
Un échafaud !... les lys couverts d'un noir cyprès !
Est-ce un songe cruel dont l'erreur me tourmente ?
Non , je veille. Que dis-je ? une tête sanglante !...
Barbares ! c'en est fait , et Louis ne vit plus ;
Inutiles douleurs et regrets superflus !
Il ne vit plus : son âme et si pure et si belle
A quitté pour jamais sa dépouille mortelle.
Et d'une sombre nuit , l'affreuse obscurité

Ne nous a pas des cieux dérobé la clarté !
Et la main du bourreau qui dut trancher sa vie
A pu, sans se glacer, consommer l'œuvre impie !
Et la terre n'a pas englouti dans ses flancs
Ce chef des assassins, dont les ordres sanglans,
Grâce aux accens bruyans d'un instrument complice,
En étouffant sa voix, hâtèrent son supplice !
Il ne vit plus ! quel crime avait-il donc commis ?
Indigne d'un pouvoir par ses aïeux transmis,
Courbait-il ses sujets sous un joug arbitraire ?
Hélas ! il en était moins le roi que le père.
Monarque vraiment sage, et vertueux époux,
On ne le vit jamais, infidèle en ses goûts,
Faire, au mépris des lois de la morale austère,
De son lit nuptial, une couche adultère ;
D'impudiques trésors, gages de ses soupirs,
Payer le faste abject de ses honteux plaisirs.
De la religion soutenant l'édifice,
Par son exemple seul il combattit le vice ;
Du trône il dédaigna les honneurs orgueilleux ;
Il borna sa grandeur à faire des heureux.
De toutes les vertus, modèle vraiment rare,
Du sang de ses sujets quel roi fut plus avare ?
Au sein de ses malheurs, de chagrin accablé ;
« Dites-moi que l'on m'aime, et je suis consolé, »
S'écriait-il. Enfin, son indulgence extrême
Ne l'abandonna point à son heure suprême.

En recevant la mort, d'un air fier et soumis
Il pardonna sans peine à tous ses ennemis,
Fit grâce à l'injustice, oublia la vengeance,
Et son dernier moment fut un trait de clémence.

France ! pleure un forfait dont l'éternel affront
Jusqu'à ton dernier jour fera rougir ton front !
Les siècles à venir contre toi se soulèvent,
Leurs redoutables voix dès à présent s'élèvent,
T'accusent, et du ciel, sur ta postérité,
Appellent le courroux trop long-temps arrêté.
Vois l'Europe déjà conspirant ta ruine,
Sur tes débris fumans la guerre et la famine,
Tous les fléaux ensemble exerçant leurs fureurs,
Tes propres enfans même arrosés de tes pleurs,
Insultant à tes maux, méconnaissant leur mère,
Des torrens de ton sang baignant au loin la terre.

Et vous ! dont les écrits, par malheur trop fameux,
Corrompant du Français le naturel heureux,
Précipitaient ses pas dans le sentier du crime,
Téméraires penseurs ! mesurez donc l'abîme
Où l'a jeté l'erreur de vos principes vains.
Étalez maintenant vos superbes dédains :
D'une religion peignez-nous la chimère ;
Allez défier Dieu jusqu'en son sanctuaire ;
Et recueillez le prix de vos rares leçons !
De vos livres plutôt, tarissent les poisons !

Périssent vos écrits et leur coupable gloire !
Et pour en effacer jusques à la mémoire,
Que leurs feuillets, livrés à des feux dévorans,
Soient, en vile poussière, abandonnés aux vents !

Pour moi qui, dans ces jours et de honte et d'alarmes,
Comprimant ma douleur, dissimulant mes larmes,
Prêt à quitter vingt fois et crayon et pinceau,
Osait de nos malheurs esquisser le tableau,
Si de la vérité, trop fidèle interprète,
Au glaive inquisiteur je dévouais ma tête ;
Si, trahi dans mes vers, surpris dans mon secret,
D'un tribunal de sang je dois subir l'arrêt,
J'irai, de mes bourreaux je braverai la rage ;
Et loin que l'échafaud étonne mon courage,
Je le vois sans pâlir, j'y monte sans effroi,
Trop heureux de périr comme a péri mon roi !

FRAGMENT

DU CHANT DU 14 JUILLET,

Par le citoyen FONTANES.

UN VIEILLARD.

O combien la France affaiblie
Pleura d'illustres défenseurs !

FRAGMENT.

UN JEUNE GUERRIER.

Combien la France énorgueillie
Leur a donné de successeurs !

UNE JEUNE FILLE.

Mon amant perdit la lumière.

UN GUERRIER.

Tous nos cœurs vont t'offrir leurs vœux.

UNE JEUNE FILLE.

Mon frère est mort sur la poussière.

UN GUERRIER.

Ton frère est à jamais fameux.

. . . .

« Hélas ! de ses honneurs la France dépouillée,
» A vu les factions disputer ses lambeaux ;
» Et des plus noirs forfaits, la liberté souillée,
» Dicta long-temps ses lois au milieu des bourreaux.
     » Toi qu'on a tant déshonorée,
     » Liberté ! calme tes douleurs ;
     » De ta couronne déchirée
     » Le sang ternissait les couleurs ;
     » Mais enfin, dans ce jour de fête,
     » La clémence adoucit tes traits ;
     » Et ses mains orneront ta tête
     » De fleurs qui brillent à jamais.

LA GLACE CASSÉE,

OU

LES DÉBRIS DU MIROIR DE LA RAISON,

**Présenté par l'Amour à tous les aveugles
de France.**

PAR L.-A. PITOU.

DIRE la vérité, c'est marcher sur la glace;
Allons à pas comptés, de peur qu'elle ne casse;
Si l'Amour me conduit en voulant voltiger,
Le fripon pourra bien me faire trébucher;
Donnons-lui deux baisers, et trois à la Folie!
La Raison n'en doit pas prendre de jalousie :
Sa rivale à Paris ayant passé ses jours,
Du sentier de l'erreur connaît tous les détours;
Jusqu'à la liberté, la route est très-glissante;
Pour rendre notre marche un peu moins chancelante,
La politesse veut, en révolution,
Que la Folie ait droit de mener la Raison.

Vous murmurez en vain de cet ordre de choses,
Moi, je veux des chardons, vous, vous aimez les roses,
Soit; mais mon bon ami, quand vous cririez plus haut,
Si la mode venait d'aller les pieds en haut,

Vous auriez be~~ ~'~urer, comme un autre Héraclite,
Ou vous en amuser , ainsi que Démocrite,
On vous rirait au nez , et le Français malin,
En chantant ses travers , irait toujours son train.
Faut—il vous en donner une preuve authentique?
Je vais citer des faits qui seront sans réplique :
Mais puisque la Raison nous prête son miroir ,
Avant de le briser, tâchons de nous y voir.

Un peu de flatterie, un peu de médisance ;
Beaucoup de politique et beaucoup d'ignorance ;
Des Français de nos jours voilà le meilleur lot ;
Aujourd'hui le plus riche est souvent le plus sot.
Comme la probité n'est plus très à la mode ,
La route de fortune est pour nous très-commode.
Mon voisin a du bien que je veux m'adjuger,
Vîte je le dénonce et je le fais juger.
Eh ! mais, qu'a—t—il donc fait ? Quoi ! c'est un
     royaliste,
Ou c'est un réfractaire , ou c'est un terroriste.
Dieux ! proscrire un Français sur un simple soupçon;
C'est mettre la justice à l'inquisition :
Qu'aurait-on fait de plus sous l'ancien despotisme ?
Malgré que nous ayons détruit le fanatisme ,
Un nouveau Galilée , en révolution,
Aurait été pendu pour avoir eu raison.

Copernic (1) en venant proposer son système ,
Sous l'arme à *Guillotin* aurait tourné lui-même.

Le nouveau créateur de la nouvelle loi ,
Le fameux conquérant de notre dernier roi ,
Bailly , ce nouveau dieu de la France anarchique ;
Bailly , livrant la guerre au pouvoir despotique ,
Bailly , docile aux vœux d'un vulgaire hébêté ,
Du faîte des grandeurs se voit précipité ,
Et conduit , à l'instant qu'il fuit du Capitole ,
Sur le roc tarpéien pour achever son rôle.

L'ambitieux Chamfort, pour plaire aux ignorans,
Contre l'académie exerce ses talens ;
Pour avoir le premier mis la main à l'ouvrage ,
Les Vandales le font descendre au noir rivage.
Au milieu du torrent de la proscription ,
Je vois rouler Camille à côté de Danton ;
Le crime et la vertu , dans la même charrette,
Font monter Phelippeaux , Vincent, puis Antoinette.
Mais pour venger ta mort , célèbre Lavoisier ,
Le diable laisse en paix le sensible Che..er.

_____

(1) Fabre Desglantines, inventeur du nouveau calendrier
républicain, fut guillotiné avant que son almanach fut
révolu. On peut donc présumer que Copernic, en présentant
son système à Robespierre, en aurait obtenu la même récompense.

Poète philosophe , orateur et sophiste ,
Par-dessus le marché , bon parent, bon légiste ;
Au tombeau de son frère , immolé sous ses yeux ,
Il déclame avec feu les vers harmonieux
Qu'il adressa jadis au tyran Robespierre ,
Quand ce peuple *éclairé* , le front dans la poussière ,
Sur un autel de sang adorait ce Moloch ,
Répétant de Ch...nier le nouveau sabaot :
Mais pour son intérêt , ce fertile génie ,
Confond la médisance avec la calomnie ,
Dans les écarts d'une ode au style baladin ;
Avec la probité fait rimer Ab....lin.
Son renégat L..vet (1) , et nous devons le croire ;
Est l'homme qu'il nous faut pour écrire l'histoire :
Le grand ami P...tier (2) , assis sur nos tombeaux ,
Doit à nos descendans laisser ses matériaux ,
Et Lebois (3) , double main , greffier de la séquelle ;
Leur prêtera , s'il faut , son style de ruelle.

Amour , laissons en paix tous ces honnêtes gens !
Les Français comme toi sont foux et sont enfans ;
Mais ce sont des enfans gâtés de la nature ,
La Raison , pour leur plaire , a besoin de parure ;

---

(1) Conventionnel , rédacteur de *la Sentinelle*.
(2) Conventionnel , rédacteur de *l'Ami des lois*.
(3) Rédacteur du dernier *Ami du peuple*.

Tu voulus bien jadis lui prêter ton bandeau,
Tu dois donc aujourd'hui l'affubler d'un manteau.
Quand tu la conduisis au sein de l'assemblée,
Chacun la vit rougir d'être un peu baffouée;
Et l'on disait tous bas : A-t-on bien médité,
Pour unir la Raison avec la Liberté?

L'AMOUR, LA RAISON ET LA VÉRITÉ,

SUITE

DE LA GLACE CASSÉE.

AIR : *Je voudrais voir à chaque instant.*

QUAND chacun des législateurs,
Faisant une horrible grimace,
Eut fait rire les spectateurs
Qui venaient se voir à la glace;
Alors on vit l'Égalité,
Tant célèbre et tant avilie,
Reprendre quelque autorité
Dans le temple de la patrie.

Laïs, Lucrèce avec Ninon,
Dans la foule sont confondues;
Tarquin, Marius et Caton
Sont ensemble tombés des nues.

Quand de leur folle ambition
La glace a brûlé le prestige;
Tous, éclairés par la Raison,
Viennent s'embrasser, sans prodige.

Mais tout ce cahos merveilleux
Ressemble à ces momens funèbres;
Où l'onde, la terre et les cieux
Nageaient encor dans les ténèbres:
Chacun, en cherchant la Raison,
Se trouvait avec la Folie;
Un jeune aveugle de bon ton,
Leur rend la lumière et la vie.

Ce bienfait signalait l'Amour:
Pour rendre hommage à sa puissance,
Chacun, sans attendre son tour,
Le baisa par reconnaissance;
Le lutin, en se débattant,
Veillait à son miroir magique,
Qui glisse, et se brise en tombant
Sur le chef de la république.

L'Amour, en feignant de pleurer,
Se cachait pour rire sous cape;
Ils croyaient, dit-il, me voler,
Mais c'est bien moi qui les attrape :

Depuis qu'ils ont tout renversé,
Faut qu'un aveugle les conduise;
Chacun, dans ce miroir cassé,
Va reconnaître sa sottise.

Tous s'empressent de se baisser
Pour prendre un morceau de la glace;
Plus ils en veulent ramasser,
Plus ils en trouvent sur la place :
Cette multiplication
Était ma foi bien inventée,
Car on a besoin de raison
Bien ailleurs que dans l'assemblée.

Croyant contrôler son voisin,
Sans que le voisin le contrôle,
Chaque auditeur, dupe et malin,
A son voisin donne son rôle ;
Car dans chaque éclat du miroir,
Ramassé par un bon apôtre,
La Raison ne lui laisse voir
Que les petits défauts d'un autre.

Ma foi, dit un bon député,
(Dans le nombre il s'en trouve encore)
Convenons de la vérité
Devant cette race pécore !

T. II.   2

Vous les avez guillotinés,
Voulant les dépêcher plus vîte,
Et nous les avons affamés;
Ainsi, mes amis, quitte à quitte.

C'est vrai: dit le peuple ébahi,
Mais puisqu'ils ont tant de franchise,
Nous pouvons convenir aussi
D'avoir fait plus d'une sottise.
Pour nous faire entendre raison,
Nos conducteurs ont fort à faire,
Quand ils nous mettent un bâillon,
C'est sans doute un mal nécessaire.

On entendit un grand fracas...
Les cinq membres du directoire,
Disent, en entrant aux débats :
Que de bruit dans cet auditoire !
Vous ferait-on mauvais parti?
Nous venions vers vous d'une haleine.
Puisque la Raison siége ici,
Nous ne perdrons pas notre peine.

Alors les trois divinités,
Faisant profonde révérence,
Leur répondent : Vous méritez
Que vers vous nous prenions l'avance;

Comme nous venons du Levant
Pour visiter la république,
Nous ne voyageons qu'en tremblant,
N'ayant point de carte civique.

Depuis la révolution,
Nous avons déserté la France;
Nous promettez-vous le pardon,
Après une si longue absence?
Nous nous proposons de rester
Au milieu de cette assemblée,
Si vous daignez nous accorder
Une simple carte d'entrée.

Notre palais est fait pour vous,
Leur répondit le directoire,
Et vous présiderez chez nous
Comme au sein de cet auditoire.
L'Amour, avec civilité,
Donne alors, par reconnaissance,
Du miroir de la vérité,
Aux cinq directeurs de la France.

Voulant connaître leurs secrets,
Près d'eux maint critique s'approche;
Mais, pour tromper les indiscrets,
Ils mettent le miroir en poche.

Et, par un prodige nouveau,
Les morceaux de glace cassée
N'offrent qu'un immense tableau
Des torts de toute l'assemblée.

Nul ne pouvant plus se fâcher,
A quoi fallait-il se résoudre?
Comme on ne pouvait se cacher,
On se pardonna pour s'absoudre.
Chacun embrassant la Raison
Bénit l'innocent stratagême,
Et dit : en révolution,
Attrapez-nous toujours de même !

LE PÈRE HYLARION,

AUX FRANÇAIS;

Parallèle des abus du couvent, avec les abus du jour.

Par L.-A. PITOU.

Air : *Du vaudeville des Visitandines.*

PEUPLE français, peuple de frères,
Souffrez que père Hylarion,

Turlupiné dans vos parterres,
Vous fasse ici sa motion ;
Il vient sans fiel et sans critique,
Et sans fanatiques desseins,
Comparer tous les capucins
Aux frères de la république.

Nous renonçons à la richesse
Par la loi de notre couvent ;
Votre code, plein de sagesse,
Vous en fait faire tout autant :
Comme dans l'ordre séraphique,
Ne faut-il pas en vérité,
Faire le vœu de pauvreté
Pour vivre dans la république.

On nous défend luxe et parure ;
Et vos frères les jacobins,
Avaient la crasseuse figure
De nos plus sales capucins :
Notre chaussure est sympathique ;
Souvent sans bas et sans souliers,
On rencontre des va—nu—pieds,
Capucins de la république.

Tout comme dans nos monastères,
Vous aviez vos frères quêteurs ;
C'était vos braves commissaires

Et vos benins réquisiteurs ,
Par leur douceur évangélique ,
Et par leur sainte humanité ,
Comme ils faisaient la charité
Aux pauvres de la république !

On nous ordonne l'abstinence
Dedans notre institut pieux ;
N'observait-on pas , dans la France ,
Le jeûne le plus rigoureux ?
Dans votre carême civique
Vous surpassiez le capucin ;
En vivant d'une once de pain ,
Vous jeûniez pour la république.

Par un vieux réglement d'usage
Nous faisons vœu de chasteté...
Le sacrement de mariage
Par vos frères est rejeté...
Dans cette gaillarde pratique
Qu'il est beau de voir à présent ,
Pour une femme seulement ,
Vingt filles de la république !

Nous avons notre discipline ,
Instrument de punition ;
Vous avez votre guillotine ,
Fraternelle punition :

Ce châtiment patriotique
Est bien sûr de tous ses effets;
Il n'en faut qu'un coup pour jamais
Ne manquer à la république.

Demandant toujours des réformes,
Vous avez fait tout réformer;
De toutes vos nouvelles formes
Quand je vous entends murmurer,
Je vous dis: Trêve de critique,
Puisque vous l'avez fait créer,
Il faut bien vous accoutumer
A supporter la république.

Rien ne vous plaît, tout vous ennuie;
Vous voulez toujours innover;
En abhorrant la tyrannie,
Vous ne pouvez vous en passer :
Pour jouer nos capucinades,
Votre théâtre est excellent;
Il le faudrait encore plus grand
Pour toutes vos arlequinades.

Agréez, mes chers camarades,
Le salut de l'égalité,
Et recevez mes accolades
En signe de fraternité;

Mais respectez ma barbe antique ,
Lorsque je vais vous embrasser ;
Et ne la faites point passer
Au rasoir de la république.

~~~~~~

LE DIRECTOIRE.

AIR : *Triste raison , j'abjure ton empire.*

NOTRE montagne enfante un directoire ;
Applaudissons à son dernier succès !
Car sous ce nom inconnu dans l'histoire ,
Cinq rois nouveaux gouvernent les Français.

Talens , vertus , honneur du diadème !
Restez proscrits dans ce siècle d'airain ;
On peut sans vous monter au rang suprême ,
En mitraillant le peuple souverain.

Peuple trompé ! pour toi la république
Doit être encore le mot de ralliment ;
Mais tes cinq rois , par une route oblique
La conduiront bientôt au monument.

En adoptant un luxe ridicule ,
Ils font gémir la *sainte égalité* :
A leur aspect la *liberté* recule ;
Et dans leur cour plus de *fraternité,*

Bien trop petits pour produire un Cromwel;
Sur ce chapitre on doit les épargner;
Ressuscitant chez nous Machiavel,
Leur système est : *Diviser pour régner.*

Vendôme voit succomber les victimes
Qu'au nom des lois égorge leur fureur;
Champ de Grenelle, en attestant leurs crimes,
Pour ces tyrans augmente notre horreur !

La *majesté du peuple* est avilie,
Malgré l'éclat de leurs riches manteaux;
Et dans les camps, l'amour de la patrie
Se réfugie à l'ombre des drapeaux.

Par l'auteur des Crimes de la convention.

AU GÉNÉRAL BONAPARTE,

EN LUI ENVOYANT LA TRAGÉDIE D'OSCAR.

PAR LE CITOYEN ARNAULT.

Toi, dont la jeunesse occupée
Aux jeux d'Apollon et de Mars,
Comme le premier des Césars,
Manie et la plume et l'épée,

Qui peut-être au milieu des camps
Rédiges d'immortels mémoires ,
Dérobe-leur quelques instans ,
Et trouve s'il se peut le temps
De me lire entre deux victoires !

VERS

Adressés au héros d'Italie , dans le mois de
frimaire de l'an VI,

PAR LE CITOYEN FÉLIX FAULCON.

O de Rome et de Vienne audacieux vainqueur,
Que la France idolâtre et que l'Europe envie !
Ma muse n'a jamais , d'un vers adulateur,
Des idoles du jour encensé la faveur;
Mais de te rendre hommage elle se glorifie :
La louange est permise à qui chante un héros.

Qu'un autre , rappelant tes sublimes travaux,
Et promenant sa muse aux champs de l'Italie,
Célèbre tes exploits , ton courage indompté,
De ces faits belliqueux , mon cœur est peu flatté ;
Ces succès éclatans , ces champs de la victoire,
Me retracent toujours le sang qu'ils ont coûté.
Je laisse les combats au burin de l'histoire,

Qui, te plaçant un jour au temple de mémoire,
Dira ce que ton bras fit pour la liberté.

Invincible guerrier, il est une autre gloire
Qui n'appartient qu'à toi; c'est ton humanité,
Ton amour pour les arts: va, poursuis ta carrière,
Dans Londres, arborant notre auguste bannière,
Venge les maux affreux que Londres nous a faits.
Mais, pour mettre le comble à tes nouveaux bienfaits,
Rappelé dans nos murs troublés par tant de brigues,
Et du poids de ton nom écrasant les intrigues,
Viens nous apprendre enfin à mériter la paix!

LE BON RÉPUBLICAIN.

Je cultive les arts, j'applaudis aux talens,
J'honore les vertus, j'admire le génie,
Mon travail suffit pour ma vie;
Il suffit pour nourrir ma femme et mes enfans.
Je soulage en secret la timide indigence:
Le bon sens sert de guide à mon opinion.
Bien servir mon pays est mon ambition,
Et quand je l'ai servi, voilà ma récompense.

QUATRAIN SUR LA MORT.

La mort qui d'un pas lent se traînait vers nos pères,
A du rapide oiseau pris les ailes légères.
Ne t'en plains pas, mortel : sa bienfaisante faux,
En abrégeant tes jours, abrège aussi tes maux.

CHANT TRIOMPHAL

DE L'ARMÉE D'ITALIE,

MARCHANT SUR ROME.

AIR : *Du chant du départ.*

La victoire, en chantant, vers les remparts de Rome
    Conduit de nouveau les Gaulois :
Mais leur glaive aujourd'hui , vengeur des droits de
    l'homme,
    N'est menaçant que pour les rois.
    Ils vont relever les décombres
    De son Capitole écroulé ,
    Et venger eux-mêmes les ombres
    Du sénat qu'ils ont immolé.

Rome ! la liberté t'appelle :
Romps tes fers, ose t'affranchir!
Un Romain doit vivre pour elle,
Pour elle un Romain doit mourir.

La balance à la main, Brennus vers toi s'avance
Non plus pour peser ta rançon ;
Ton peuple et tes tyrans seront dans sa balance
Pesés au poids de la raison.
Si le poids des tyrans s'élève,
Si le peuple pèse le plus,
Brennus y posera son glaive,
Et malheur, malheur aux vaincus !
Rome ! la liberté, etc.

Ton Camille est tombé, reine de l'Italie!
Qui te défendra de nouveau ?
La ronce a végété sur son urne avilie,
Et l'herbe a crû sur son tombeau.
J'ai vu ton peuple trop crédule,
Souffrir qu'un pontife imposteur
Usurpât la chaise curule
D'où tonnait ton fier dictateur.
Rome ! la liberté, etc.

Romains, levez les yeux ! là fut le capitole :
Ce pont est le pont des Coclès :
Ces gazons ont couvert les cendres de Scévole:
Lucrèce dort sous ces cyprès :

Là, Brutus immola sa race;
Ici, s'engloutit Curtius;
Et César, à cette autre place,
Fut poignardé par Cassius.
Rome ! la liberté, etc.

Peuple esclave, entends-tu les chants d'un peuple
    libre ?
Sors enfin des bras du sommeil;
As-tu vu ces drapeaux flottant au bord du Tibre ?
    Voici le moment du réveil !
    Hâte-toi, brise tes entraves !
    Et que du creux de ses volcans,
    L'Etna vomisse au loin ses laves,
    Pour dévorer tous les tyrans !
    Rome ! la liberté t'appelle :
    Romps tes fers, ose t'affranchir !
    Un Romain doit vivre pour elle,
    Pour elle un Romain doit mourir.

Par un officier supérieur de l'armée.

CHANT DE GUERRE

CONTRE L'ANGLETERRE,

PAR LE CITOYEN DÉSORGUES.

AN 6.

QUAND la paix, de la Seine embellit le rivage,
Quel appareil guerrier vient frapper nos regards ?
Rome a-t-elle juré la perte de Carthage,
    Et dans ses coupables remparts
Veut-elle de ses droits venger l'antique outrage ?
    Oui ; qu'Albion tremble pour ses foyers !
Némésis a sonné l'heure de la vengeance ;
Bellone, à ce signal, joint le bruit de sa lance,
Et la peur à son char attelle ses coursiers.
    Viens, viens, ô fille de mémoire,
    Préparer des sons plus altiers !
Compagne des héros, dans les champs de la gloire,
Médite à leurs côtés l'hymne de la victoire,
Et sur leurs nobles fronts va tresser tes lauriers !
Wesminster ! lieu voisin de ce champêtre asile
    Où les arts fixèrent leurs pas,
Où l'immortalité, siégeant près du trépas,
Enflamma pour toujours ma jeunesse indocile,
Vos plus doux souvenirs ne me désarment pas ;

CHANT DE GUERRE;

Vos sages, vos chantres célèbres,
Ces modèles divins visités tant de fois,
Du fond de leurs marbres funèbres
M'opposent vainement le bienfait de leurs voix :
Quiberon, plus puissant, dans mon cœur se soulève.
Toulon, son port détruit, ses vaisseaux enflammés,
Nos vingt mille captifs dans Plimouth affamés,
Tout parle contre vous, tout contre vous s'élève ;
Tout appelle la foudre au défaut du remords ;
Et l'on répète au loin : guerre, vengeance, mort !
Guerre, vengeance et mort ! ah ! que viens-je de dire ?
Mais quoi ! dois-je éprouver un reste d'amitié ?
Non, non, tyrans des mers ; non, non, plus de pitié !
Auteurs de tous nos maux fuyez devant ma lyre !

O vainqueurs de l'Escaut, de la Sambre et du Rhin !
Si mon luth précurseur, aux champs de l'Ausonie,
Seconda les drapeaux du peuple souverain ;
Allez dans Albion, au chant de Polymnie,
Ressusciter Neuwied, et Jemmappe, et Fleurus ;
D'un superbe sénat abaisser le génie
Et dans Londre étonné, foulant la tyrannie,
Rendez-lui cet Himbden qui lui rendit Brutus !
Mais sur des âmes mercenaires,
Que peut l'auguste liberté ?
Sur ces orgueilleux insulaires,
Que peut la sainte égalité ?

Ah ! qu'ils sont différens de ces Germains antiques,
Leur modèle en sagesse , en générosité ,
Et dont ils retraçaient, dans leur cœurs domestiques,
     La modeste simplicité !
Héritiers de leurs lois et de leur pauvreté ,
     Jaloux de leur indépendance ,
Des peuples opprimés ils réclamaient les droits ,
     Et fiers de leur noble indigence ,
Ils foulaient à leurs pieds le vain faste des rois ;
Maintenant de l'Europe , oppresseurs politiques ,
Ils parjurent leur foi , trahissent leurs sermens ,
     Et des naissantes républiques
     Ils ébranlent les fondemens.
Eh ! qui ne connaît point les forfaits britanniques ?
Viens , Boston , à nos yeux retracer leurs fureurs !
Que la voix de Francklin résonne dans nos cœurs !
Venez , jeunes guerriers, lui-même il vous dévance ;
Lui-même dans les murs où sa mâle éloquence
Vient de Philadelphie étaler les malheurs ,
     S'armera pour votre défense ,
     Et vous donnera des vengeurs.
Voyez-vous l'Océan , dont la voix mugissante
Appelle vos drapeaux partout victorieux ?
Trop long-temps , vous dit-il , ma vague obéissante ,
     Sous des maîtres ambitieux
     Courba sa fureur menaçante.
Que leur coupable orgueil tombe enfin réprimé !

Fécond dispensateur des richesses du monde ;
Mon trident pour eux seuls fut-il donc animé ?
       Il est temps d'affranchir mon onde ;
Il est tems de venger l'Univers opprimé.
         Tant que j'ai vu dans mon empire
         Leurs vaisseaux amis de la paix ,
Porter aux nations des lois et des bienfaits ,
         Tous mes flots ont dû leur sourire.
Que de fois , protégeant leur noble pavillon ,
Des Autans irrités j'éloignai les outrages !
Que de fois j'avertis, par d'utiles présages ,
Leur magnanime Cook , leur généreux Anson,
Qui, pour l'humanité, défiant les orages ,
Ont transplanté les arts aux plus lointains rivages !
Mais depuis qu'enivrés de sang et de trésors ,
         J'ai vu les léopards avides
         Environnés de foudres homicides ,
Porter au loin la guerre et maîtriser mes bords ,
         J'ai juré de punir leurs crimes ;
J'ai juré de frapper un peuple audacieux ;
         Et du fond de ces noirs abîmes ,
Un long cri de vengeance est monté jusqu'aux cieux :
Aux rives de la Seine il retentit encore.
Volez , jeunes guerriers , à de nouveaux succès !
Arrachez mon trident aux superbes Anglais !
         Allez , le monde vous implore ;
Rendez-lui le bonheur, le commerce et la paix !

ENTRÉE TRIOMPHALE

DES MONUMENS D'ITALIE,

Conquis par l'armée de la république française, aux ordres de Bonaparte.

CHANT DITHYRAMBIQUE, PAR LEBRUN.

RÉVEILLE-TOI, lyre d'Orphée !
Enfante de nouveaux concerts ;
Jamais aux rives de l'Alphée
Pindare ne chanta des triomphes plus chers ;
Jamais plus superbe trophée
N'appela sur nos bords les yeux de l'Univers.
France heureuse, quelle est ta gloire !
Tu vois les chefs-d'œuvre des arts,
Conquis des mains de la victoire,
Embellir tes nobles remparts.

Dans sa course immense et féconde
Le soleil même est fier de ton auguste aspect.
C'est de toi que sortit la liberté du monde ;
Et le monde vengé t'admire avec respect.
De ton char immortel préside à cette fête !
Dieu du jour et des arts, radieux Apollon,
Digne de marcher à leur tête !

Reconnais le vainqueur de l'horrible Python(1)?
A voler sur ses pas les muses empressées,
    Viennent s'offrir à nos transports ;
La nature, les arts, le trésor des pensées (2),
    Qu'une main fidèle a tracées,
De leur triple conquête enrichissent nos bords,
    France heureuse, etc.

De talens créateurs quelle foule rivale !
Guidez, sœurs d'Apollon, un cortège si beau !
L'Olympe en est jaloux et n'a rien qui l'égale.
La toile a respiré sous le feu du pinceau ;
Tous ces marbres vivans sont les fils du ciseau.
    Devant leur marche triomphale
    La gloire élève son flambeau.
    France heureuse, etc.

Beaux arts, rois sans esclave, honneur de la patrie,
Venez dans leur palais succéder aux tyrans !
Leur trône est abattu, leur mémoire est flétrie ;
De l'immortalité, sublimes conquérans !
    La vôtre est à jamais chérie.
Venez dans leur palais succéder aux tyrans !
    France heureuse, etc.

---

(1) L'Apollon du Belvédère.
(2) Les manuscrits.

Jadis ces merveilles divines,
Rome les enlevait aux Grecs industrieux;
Et dans la ville aux sept collines
Notre Mars enleva ces larcins glorieux.
Riche des dépouilles du Tibre,
La Seine, triomphante et libre,
Pour jamais les offre à nos yeux.
Du bonheur des Français que Rome se console;
Rome a vaincu par nous le pontife et l'idole;
Son génie est ressucité,
Et les fils de Brennus rendent le Capitole
A son antique liberté.
France heureuse, quelle est ta gloire!
Tu vois les chefs-d'œuvre des arts,
Conquis des mains de la victoire,
Embellir tes nobles remparts.

ODE

SUR LA PAIX DE CAMPO-FORMIO,

PAR LE CITOYEN DESGRANGES.

Bellone a fui, pâle et sanglante;
Français! vos droits sont reconnus;
Et la liberté triomphante
Ferme le temple de Janus.

Du haut des routes azurées,
La paix descend sur nos contrées,
Le front de roses couronné ;
Et dans leurs foyers solitaires,
Les sœurs, les épouses, les mères
Bénissent ce jour fortuné.

Que la haine au front inflexible
Se laisse à la fin désarmer !
Le ciel nous fit un cœur sensible ;
Mortels ! nous devons nous aimer.
Tombe la nation cruelle,
Qui prenant Rome pour modèle,
Voudrait conquérir l'Univers !
Rougissant au seul nom de maître,
L'homme libre et digne de l'être,
S'avilit en donnant des fers.

Quel est le brigand fanatique,
Qui de Mars vantant les fureurs,
Au sein de l'ivresse publique
Pousse d'insolentes clameurs ?
Il regrette le bruit des armes ;
Il lui faut du sang et des larmes :
Le barbare en est altéré.
Quand tout sourit dans la nature,
De même en sa caverne obscure,
Siffle le reptile abhorré.

Guerriers, dont la noble vaillance
Arrêta l'Europe en fureur,
Des mains de la reconnaissance
Recevez le prix de l'honneur!
En vain l'anarchie égarée,
De cannibales entourée,
Rêve encor de nouveaux forfaits ;
Venez, phalanges intrépides !
Je vous dénonce les perfides
Altérés du sang des Français.

Jours horribles de la vengeance,
Fuyez pour ne plus revenir !
De la loi le règne s'avance ;
Celui des partis va finir.
Abandonnons aux Euménides
Tous ces infâmes homicides
Que réclamaient les échafauds !
Laissons sous le fouet des furies,
S'agiter ces âmes impies,
Ces vils partisans des bourreaux !

Dociles à la voix du sage,
Chassons les plaisirs corrupteurs !
La liberté sera l'ouvrage
De ceux qui nous rendront les mœurs.
J'en crois un augure propice :
La tolérance, la justice

N'auront plus d'exil à souffrir;
Douce paix! sous ta loi chérie,
Des beaux arts la tige flétrie,
Plus brillante, va refleurir.

Ils vont renaître pour la France
Les jours de gloire et de grandeur:
La paix ramène l'espérance,
Et l'espérance, le bonheur.
Revenez, vertus domestiques!
C'est par vous que les républiques
Marchent à l'immortalité.
Le despotisme en vain murmure:
L'instinct sacré de la nature
Fera chérir la liberté.

AU PRINCE DE CONDÉ,

Qui a pris pour devise: *Vaincre ou mourir!*

Vaincre ou mourir est ta devise,
Elle est celle de tes soldats:
Vengeur du trône et de l'église,
Venez, et vous ne mourrez pas.

Extrait de l'almanach de Coblentz.

HYMNE

Chanté à la cérémonie funèbre qui a eu lieu, le 11 vendémiaire an 7, au Champ-de-Mars, en l'honneur du général HOCHE.

PAR CHÉNIER.

LES FEMMES.

Du haut de la voûte éternelle,
Jeune héros, reçois - _ pleurs !
Que notre douleur solennelle
T'offre des hymnes et des fleurs.
Ah ! sur ton urne sépulcrale
Gravons ta gloire et nos regrets;
Et que la palme triomphale
S'élève au milieu des cyprès.

LES VIEILLARDS.

Aspirez à ses destinées,
Guerriers, défenseurs de nos lois !
Tous ses jours furent des années;
Tous ses faits furent des exploits.

T. II.

La mort qui frappa sa jeunesse
Respectera son souvenir :
S'il n'atteignit point la vieillesse,
Il sera vieux dans l'avenir.

LES GUERRIERS.

Sur les rochers de l'Armorique (1),
Il terrassa la trahison :
Il vainquit l'hydre fanatique
Semant la flamme et le poison.
La guerre civile (2) étouffée,
Céde à son bras libérateur,
Et c'est là le plus beau trophée
D'un héros pacificateur.

Oui, tu seras notre modéle;
Tu n'as point terni tes lauriers;
Ta voix libre, ta voix fidéle
Est toujours présente aux guerriers.
Au champ d'honneur on vit ta gloire;
Ton ombre au milieu de nos rangs
Saura captiver la victoire,
Et punir encor les tyrans.

(1) La Bretagne.
(2) Guerre de la Vendée.

HYMNE

DES THÉOPHILANTROPES,

Chanté dans tous les temples où ils célébraient l'Éternel.

AIR : *Du chant du départ.*

ARBITRE souverain de l'un et l'autre monde !
    O toi , qui sous des noms divers ,
Fais remonter nos vœux vers la source féconde,
    Qui créa ce vaste Univers;
    Nous croyons à ton existence ,
    A ton pouvoir illimité;
    Nous adorons ta Providence ,
    En célébrant l'égalité.
    O toi! l'Oromaze du mage ,
    Des Égytiens l'Osiris ,
    O Dieu! reçois le libre hommage
    D'un cœur de ton amour épris !

Ton génie immortel enfanta ce bel astre
    Que le Persan prit pour un Dieu.
C'est toi qu'aux Bactriens le savant Zoroastre
    Peignit sous l'emblême du feu :

Sous mille formes incertaines,
Par tous le peuples honoré,
Tu fus, dans la célèbre Athènes,
Du sage Socrate, adoré.
O toi! l'Oromaze, etc.

Partout de la raison je vois la fille auguste,
La bienfaisante vérité,
Annoncer aux humains un être bon et juste,
Protecteur de la liberté :
Sa main a déchiré les voiles
De l'imposture et de l'erreur :
Et le créateur des étoiles
N'est plus un Dieu plein de fureur.
O toi! l'Oromaze, etc.

Sous le joug odieux d'un trop long esclavage,
Le fils des Gaulois, abattu,
De la Seine avilie allait sur le rivage,
Pleurer leur antique vertu :
Ta voix retentit dans son âme ;
Il brise ses indignes fers ;
Et du feu sacré qui l'enflamme,
Embrase bientôt l'Univers.
O toi! l'Oromaze, etc.

L'obéissance aux lois, l'amour de la patrie,
De ses ennemis le pardon,
L'union contraignant la discorde en furie

D'éteindre son affreux brandon;
La paix garantie à l'Europe
Par l'acte le plus solennel;
Voilà du THÉOPHILANTROPE
Les vœux offerts à l'Éternel.

O toi! l'Oromaze du mage,
Des Égyptiens l'Osiris,
O Dieu! reçois le libre hommage
D'un cœur de ton amour épris!

PIERRE COLAU.

~~~~~~

LES SOLDATS ET LE FOURNISSEUR,

APOLOGUE.

UN ci-devant laquais devenu fournisseur,
Après un bon dîner faisant lever la nappe,
  Disait, d'un ton de protecteur,
A deux soldats à jeûn, qui demandaient l'étape:
   « Sur mon honneur!
» Nous avons bien du mal, messieurs les militaires!
» Mais nous viendrons à bout je crois de nos affaires.
» Qu'en pensez-vous? » L'un d'eux lui répondit: Mon-
  Dans le renversement étrange   [sieur,
  Qui plaça la cave au grenier,

César se fit chasseur, Laridon cuisinier.
Or, voici comme entre eux le service s'arrange ;
    César attrape le gibier,
    Et c'est Laridon qui le mange.

PAR LE CITOYEN SAUVIGNY.

SUR LA PAIX.

AIR : *On compterait les diamans.*

Nos soldats couverts de lauriers
Brillent d'une nouvelle gloire,
Unissant le doux olivier
Aux couronnes de la victoire.
Amis ! en France désormais,
On n'aura plus de vœux à faire,
Si l'on sait jouir de la paix,
Comme on a su faire la guerre.

Chanté le 7 brumaire an 7,
au théâtre du Vaudeville.

SUR L'EXPÉDITION D'ÉGYPTE,

AU MOMENT DU DÉPART

DU GÉNÉRAL BONAPARTE.

CRAIGNONS d'égarer la victoire !
Gardons-nous d'un trop vaste plan :
Soyons les héros de l'histoire,
Et non des héros de roman !

PAR LEBRUN.

SUR LA MORT

DU BRAVE GÉNÉRAL KLÉBER,

Assassiné au Caire, le 25 prairial an 8.

KLÉBER est mort ! soldats brisez vos armes !
Égyptiens ! dont il était l'appui,
Des bords du Nil, arrosés de vos larmes,
La liberté disparaît avec lui.

Du despotisme un défenseur farouche,
Un vil esclave a frappé ce vainqueur ;
Mais son grand nom , volant de bouche en bouche ;
De l'homme libre a passé dans le cœur.

Là, beaucoup mieux que sur un obélisque ;
Il bravera du temps le vain effort ;
Tel qu'un soleil , au milieu de son disque ;
Sa gloire brille en dépit de la mort.

Extrait du Révélateur.

A BONAPARTE,

PREMIER CONSUL ,

Sur les événemens qui ont précédé et suivi le 18 brumaire.

O toi qu'avec respect les nations admirent !
Toi , du globe deux fois le pacificateur ;
Pour célébrer ton nom , les muses qui m'inspirent ;
    Sont la sagesse et la valeur.

Ah ! tu quittes trop tôt le pays de Saturne (1) ;
La terre des savans (2) semble attirer tes pas :
En vain l'Adige en pleurs laisse échapper son urne ;
    Pour te retenir dans ses bras.

(1) L'Italie.
(2) L'Égypte.

Quand le Nil sur ses bords vit ton puissant génie
Briser des Mamelucks le joug trop odieux ;
Il te prit, fils de Mars, amant de Polymnie !
    Pour l'un de ses antiques dieux.

Le désert aussitôt retentit de ta gloire :
Le déesse aux cent voix s'envole vers l'Arnon (1),
Elle va, des Français, annoncer la victoire
    Aux fils de Moab et d'Ammon.

Isis, reconnaissant tes soldats intrépides (2),
Sourit, et dit : Pour eux mes palmes vont grandir :
L'ombre de Sésostris, du haut des pyramides,
    A tes succès vient applaudir.

L'adorateur d'Allah (3) t'admire comme un ange
Qui peut de Mahomet rectifier les lois ;
Et du golfe Arabique aux rivages du Gange,
    Les peuples chantent tes exploits.

Mais hélas ! loin de toi, sans guide, ma patrie
Dans un gouffre de maux allait s'anéantir ;
Sa gloire chancelante était presque flétrie,
    La tienne vient la raffermir.

---

(1) Torrent qui coule dans l'ancien pays des Moabites.
(2) Les Gaulois, nos aïeux ainsi que les Francs, adoraient
la déesse Isis, principale divinité des anciens Égyptiens.
(3) Allah, nom de Dieu chez les Musulmans.

Par ton retour heureux, les cœurs à l'espérance,
Fermés depuis long-temps, enfin se sont r'ouverts :
Nos bouches ont chanté le sauveur de la France,
    Et le héros de l'Univers.

Tel que Phébus naissant, dans un jour de *brumaire*,
Dissipe d'un rayon, des nuages épais ;
Tu fis sur l'horizon, dans ce jour salutaire,
    Briller l'aurore de la paix.

Quoi ! des rois aveuglés par l'esprit de vertige,
Dédaignent cette paix que Mars leur fait offrir !
Alpes, abaissez-vous ! par un nouveau prodige,
    Mon héros va la conquérir.

Déjà du Saint-Bernard son pied franchit les glaces,
Aux italiques champs la gloire le conduit :
La valeur qui s'empresse à marcher sur ses traces,
    Au milieu des frimats le suit.

Pour la deuxième fois, sur ses rives fleuries,
L'Eridan (1), des Français revoit les étendards :
De Germanie en vain les bandes aguerries,
    Se rassemblent de toutes parts.

J'entends déjà leurs cris : du bronze redoutable
Le son frappant les airs, fait gémir les échos :
Dans l'Olympe ébranlé, le destin immuable
    A l'œil fixé sur mon héros.

_____

(1) Nom antique du Pô.

Sur un nuage d'or, à sa voix, descendue,
Aux champs de *Marengo*, la Victoire paraît :
Dans son œil enflammé, déjà l'aigle éperdue
    A lu le foudroyant arrêt.

La coalition, dans ce jour est vaincue,
Le léopard cruel en rugit de douleur :
Albion, à regret, semble être convaincue
    Qu'il faut céder à la valeur.

Par un officier général de l'armée d'Italie.

STANCES

D'UNE ODE A LA VERTU,

Qui a concouru pour le prix proposé sur
ce sujet par l'institut de France.

De l'éther montre-moi les routes,
Soleil, prête-moi ton flambeau !
Entr'ouvrez-vous, célestes voûtes
Qui cachez l'objet le plus beau !
On la cherche en vain sur la terre ;
Ce n'est qu'au séjour du tonnerre,
Qu'habite ma divinité :
Des dieux auguste favorite,
Elle dispense le mérite,
La gloire et l'immortalité.

Que dis-je ? du sage connue,
La Vertu se trouve ici bas ;
C'est au méchant seul qu'une nue
Par fois dérobe ses appas:
Le monde est plein de ses exemples ;
L'antiquité fonda ses temples,
Elle eut beaucoup d'adorateurs :
Mais qu'est-il besoin de modèles ?
En France elle a des cœurs fidèles
Qui ne sont point imitateurs.

Entre les bras de la victoire,
Atteint par le plomb meurtrier,
Desaix (1), immortel dans l'histoire,
Expire à l'ombre d'un laurier :
Tandis qu'en contemplant ses armes,
La valeur, étrangère aux larmes,
Pleure pour la première fois ;
La Vertu par Desaix aimée,
Publie, avec la Renommée,
Les dernier accens de sa voix.

(1) Le général Desaix, tué à la bataille de Marengo, le
25 prairial an 8, dit en mourant : « Allez dire au premier
consul que je meurs avec le regret de n'avoir pas assez fait
pour la patrie. »

STROPHES A LA PAIX,

A l'occasion du traité de Lunéville, con-
clu entre le premier consul de la
république française, et l'empereur
d'Allemagne, roi de Hongrie et de
Bohême.

AN VIII.

O toi dont les mortels, dans un heureux délire,
  Ont élevé le trône aux cieux ;
Qui tiens les nations sous ton aimable empire,
  Par des liens délicieux,
  O paix ! l'humanité contemple
  Tes autels si long-temps déserts,
  Elle appelle au sein de ton temple
  Tous les peuples de l'Univers.
  Célébrez, peuples de la terre,
  Par votre union ce grand jour !
  Bannissez à jamais la guerre,
  Chantez de la paix le retour !

Ce qu'aux divers climats la nature dispense,
  Par toi devient un bien commun :
Le commerce bravant des ondes l'inconstance,
  De mille peuples n'en fait qu'un :

De la florissante industrie
Tu couronnes le noble effort :
Des guerres fuyant la furie ,
Les arts en toi trouvent un port.
Célébrez , etc.

Rois! qu'un trompeur espoir trop long-temps sut sé-
    C'est l'éternelle vérité   [duire,
Qui , par l'expérience, a voulu vous instruire
    De ce que peut la liberté.
    Pour donner des fers à la Grèce ,
    Xercès passe en vain l'Hélespont ;
    Et Coclès , que le Toscan presse,
    Du Tibre défend seul le pont.
    Célébrez , etc.

Vous franchirez des temps l'abîme immense et sombre ;
    Beaux jours des Grecs et des Romains !
Cent royaumes puissans n'ont laissé qu'un vain nombre
    Dans la mémoire des humains.
    Devant votre antique vaillance ,
    Le temps arrête ses progrès ;
    Tes destins , glorieuse France !
    Aux leurs s'uniront désormais.
    Célébrez , etc.

Quand ton mâle courage , aux nations vengées
    Proclamait leurs droits avilis ,

Tu vis s'armer vingt rois.... des hordes conjurées
    Inondaient tes champs envahis...
    Soudain l'Escaut, les Pyrénées,
    Le Rhin fléchissent sous tes lois;
    Du Pô, les rives étonnées
    Répètent tes plus beaux exploits.
    Célébrez, etc.

Des rivages de l'Inde, aux ondes Atlantiques,
    Lorsque ton nom retentissait;
Quand le Scythe songeant à ses exploits antiques,
    A ta gloire s'intéressait;
    Pour anéantir tes armées,
    Le Nord vomit d'autres soldats;
    Leurs bandes, à vaincre formées,
    Cèdent à l'effort de ton bras.
    Célébrez, etc.

Sous l'aigle impérieuse un cruel vainqueur plie
    Le Génois, après le Lombard....
Mais quel torrent franchit, pour venger l'Italie,
    Le front glacé du Saint-Bernard?
    Marengo! ton cri de victoire,
    D'Ochstet prépare le succès;
    Nos braves, au fort de leur gloire,
    S'arrêtent au seul nom de paix.
    Célébrez, etc.

Quel démon corrupteur , des bords de la Tamise ,
    Dans Vienne a soufflé ses fureurs ?
Il rallume la guerre , et l'Europe surprise
    Voit renaître encor ses horreurs :
      L'art rassemble en vain ses miracles ;
      La France commande la paix ;
      A sa voix il n'est point d'obstacles
      Pour le *Germanicus français.*
      Célébrez , etc.

Tout cède , ô Bonaparte ! à ton heureux génie ,
    Rival du plus grand des Césars ;
Au suprême pouvoir , au temple d'Uranie ,
    Habile comme au Champ-de-Mars :
      Posant la foudre meurtrière ,
      Reçois , sage triomphateur ,
      De l'aveu de la terre entière ,
      Le nom de pacificateur !
      Célébrez , peuples de la terre ,
      Par votre union ce grand jour !
      Bannissez à jamais la guerre ,
      Chantez de la paix le retour !

                PAR LE CITOYEN G***.

AUX VAINQUEURS DE MARENGO.

Air : *Ah ! le cœur à la danse.*

Après avoir, dans les combats,
Assez fait pour la gloire,
Goûtez, intrépides soldats,
Le prix de la victoire !
Sur votre front, au laurier,
Ce jour unit l'olivier.
Comblant notre espérance ;
La paix, ce bien tant souhaité ;
Rend enfin à la France,
Sa splendeur, sa gaîté.

LES VOEUX DES FRANÇAIS

ACCOMPLIS.

Air : *Français le signal est donné.*

Quel bruit frappe les vastes airs !
Est-ce l'Olympe qui s'entr'ouvre ?
J'entends de célestes concerts ;
Quel astre brillant se découvre ?

Tu viens couronner nos succès
O paix , si long-temps attendue !
A la voix du peuple français
Du ciel te voilà descendue !
O douce paix ! viens finir nos malheurs !
Par toi (*bis.*) l'humanité verra sécher ses pleurs.

Bataillons sacrés de héros
Qu'admire l'Europe étonnée !
Toi , l'exemple des généraux
Par qui la paix nous est donnée :
Le peuple en proie à la douleur
Eut vu tant de gloire flétrie ;
Si de ses enfans la valeur
N'avait soutenu ma patrie.
O douce paix ! etc.

Guerriers , de tant de rois, vainqueurs !
Que vos noms chers à la victoire ,
A jamais gravés dans nos cœurs ,
Couvrent les pages de l'histoire !
Quand vous forcez vos fiers rivaux
A respecter la république ;
Goûtez le fruit de vos travaux
Dans la félicité publique !
O douce paix ! etc.

Défenseurs de l'égalité,
De la liberté, sans licence,
Amis de la tranquillité,
Des bonnes mœurs, de la décence!
Les tyrans pour river vos fers,
N'exciteront plus de tempêtes :
La discorde rentre aux enfers :
Des factions l'hydre est sans têtes.
O douce paix! etc.

Sous les auspices de l'amour,
La gaîté, les ris et les grâces,
Pour célébrer cet heureux jour,
De la beauté suivent les traces.
Quand Vénus joint ses myrtes verts
Aux lauriers des fils de Bellone ;
Le Dieu des beaux-arts et des vers,
Leur tresse la double couronne.
O douce paix ! viens finir nos malheurs !
Par toi (*bis.*) l'humanité verrra sécher ses pleurs.

Par un ex-employé de l'armée d'Italie.

~~~~~~~~~~~~~~~~~~~~~~~~~~~~~~~~~~~~~~~

L'ALÉGRESSE VILLAGEOISE,

DIALOGUE ENTRE GUILLOT ET BLAISE.

AIR : *Mon père était pot.*

MORGUÉ! que je suis donc réjoui,
   Disait Guillot à Blaise,
La paix est faite, guieu marci!
   N'en est-tu pas b'en aise?
     Compère, entr' nous,
     J' boirons b'en dix coups,
   P'us qu'à not' ordinaire;
     P'is chacun le soir
     Dans'ra, sau'ra voir,
Avec sa ménagère.

Guillot, dis-tu la vérité?...
   J'en croyons ta parole:
Oh! pour le coup, c'te libarté
   N'est p'us eun' faribole.
     C'ment c' que tous ces rois
     Qu'enrhument nos droits
   Auront pu s'y résoud'e?
     J'eum' donc un bon vent?
     Car on m' dit souvent
Qu'ils nous en f'raient découd'e.

Ils avont tretous l' nez cassé ,
   Tous ces biaux rois de carte ;
Bionaparte à peine a toussé
   Qu' ça leux donn' la fiev' quarte :
      Guidant les destins ,
      Courant sans patins ,
   Sus la neige et la glace,
      Droit à Marengo,
      A l'aigle , tout d' go ,
   L' coq a donné la chasse.

J' vas donc sus l'cu mettre un togniau,
   P'isque j' nous p'us la guiarre :
Quien Guillot , gout' moi c' vin nouviau ;
   Comm' ça pétill' dans l' varre !
      Vîte , à ta santé ;
      Morbleu , qu' la gaîté
   Nous mett' dans la tarrine !
      De c' coup ton Lucas ,
      Qui n' partira pas ,
   Epous'ra Mathurine.

PAR LE CITOYEN LABUSSIÈRE.

~~~~~~

HYMNE

Chanté sur tous les théâtres de Paris, le jour de la fête donnée en réjouissance du traité d'Amiens, entre la France et l'Angleterre.

AN X.

PAR LE CITOYEN DESGRIEUX.

AIR : *La victoire en chantant.*

BONAPARTE et la paix, pour embellir la France,
 Semblent s'être donné la main.
Quel présage flatteur ! par leur double influence,
 L'avenir n'est plus incertain.
  Quand l'une rend la vie au monde,
  Et vient fertiliser nos champs,
  L'autre est un père qui féconde,
  L'état, les beaux-arts, les talens.
  O mon pays ! vois la victoire,
  Qui t'offre d'immortels bienfaits !
  Peuple, avec des brevets de gloire,
  Reçois le présent de la paix !

Soldats, dont la valeur seconde le courage
    Qui rend Bonaparte immortel,
Pour lui, comme pour vous, notre encens, notre
    hommage,
        Sont offerts sur le même autel.
        Qu'un brave obéisse ou commande,
        Il a droit au même laurier;
        S'il faut que son sang se répande,
        C'est toujours le sang d'un guerrier.
        O mon pays! etc.

O toi! peuple souffrant, renais à l'espérance,
    La paix vient effacer nos maux;
Donne, donne le temps au sauveur de la France,
        Les succès suivent ses travaux:
        Par lui la paix nous est donnée,
        Ses bienfaits raniment nos cœurs;
        Mais peut-il, dans la même année,
        Réparer douze ans de malheurs?
        O mon pays! etc.

Par l'effort de nos bras la terre plus féconde,
    En bonne mère nous nourrit,
Par les trésors lointains que nous apporte l'onde,
        Notre commerce s'enrichit;
        Quand ces deux sources d'abondance
        Sont ouvertes par tes succès,

Peuple ! elles sont la récompense
Des maux soufferts avant la paix.
O mon pays ! etc.

Les combats ont cessé , nos armes triomphantes
    Vont rentrer dans nos arsenaux ;
Les pères , les amis , les mères, les amantes,
    Vont revoir nos jeunes héros;
    Bientôt , racontant leurs conquêtes,
    Ils attendriront les vieillards,
    Et l'amour, dans ces jours de fêtes,
    Viendra couronner ces Césars,
    O mon pays ! vois la victoire
    Qui t'offre d'immortels bienfaits;
    Peuple ! avec des brevets de gloire,
    Reçois le présent de la paix !

CHARADE

SUR LE MOT CHOUAN.

Mon premier est un mets plus commun qu'agréable ;
Un enfant des jardins , né pour notre appétit.
Mon second suit du temps la marche infatigable,
Le temps , par nos calculs, à nous s'assujétit.
Mon tout, immensité dans notre ancien langage ,
Est le nom qu'aujourd'hui, le méchant donne au sage.

                    CHARRETTE.

LA COURONNE DE NAPOLÉON,

APPORTÉE DE L'OLYMPE,

DE LA PART DE JUPITER;

CHANT IMPÉRIAL,

Distribué par ordre de la préfecture de police, le 2 décembre 1804, jour du couronnement.

AIR : *Quels accens! quels transports!*

Montant l'un des coursiers de la fière Bellone,
De l'Olympe Mercure apporte une couronne ;
Le roi des dieux l'envoie au héros des Français ;
    Elle est le prix de ses succès :
Vous qu'il guida cent fois dans les champs de la gloire,
Phalanges de guerriers enfans de la victoire !
En bravant de l'Anglais l'impuissante fureur,
Chantez Napoléon! chantez votre empereur !

Trop long-temps parmi nous la discorde inhumaine,
Éloigna le bonheur des rives de la Seine ;
Sur ses bords fortunés il revient aujourd'hui ;
    Tous les plaisirs sont avec lui :

C'est de Napoléon la voix qui le rappelle,
Pour embellir encore une fête si belle !
En bravant de l'Anglais l'impuissante fureur ;
Chantons Napoléon ! chantons notre empereur !

L'Hymen avec l'Amour prend part à cette fête ,
Et dans ce jour heureux l'alégresse est complète ;
Quand de cent mille amans les vœux sont accomplis ,
    Ceux du peuple entier sont remplis :
Nous voyons réuni , trois différentes choses,
Du dieu Mars les lauriers , les myrtes et les roses :
En bravant de l'Anglais l'impuissante fureur,
Chantons Napoléon ! chantons notre empereur !

L'hydre des factions, en ce jour salutaire ,
Succombant sous le poids du trône héréditaire ;
De diviser encore a perdu tout espoir ;
    Elle est sans force et sans pouvoir :
Le léopard cruel vainement la seconde ,
Ses projets mal conçus s'engloutissent dans l'onde :
En bravant de l'Anglais l'impuissante fureur ,
Chantons Napoléon ! chantons notre empereur !

Capitaine fameux d'Athènes et de Sparte ,
Romains , que seriez-vous auprès de Bonaparte ?
Ombre de *Marcellus !* mânes des *Scipions !*
    César, vainqueur des nations !

Il vous surpasse tous ; sa gloire et son courage
A la postérité passeront d'âge en âge.
En bravant de l'Anglais l'impuissante fureur ,
Chantons Napoléon ! chantons notre empereur !

A LA BONNE ET BIENFAISANTE
JOSÉPHINE.

Épouse du héros que l'Univers contemple !
Les grâces avec toi l'accompagnent au temple :
Chacun voit la bonté respirer sous tes traits :
     Ta main en répand les bienfaits.
Ton époux à nos cœurs a rendu l'espérance ;
Et tu fais avec lui le bonheur de la France.
En bravant de l'Anglais l'impuissante fureur ;
Chantons Napoléon ! chantons notre empereur !

V'LA C' QUE C'EST D'AVOIR DU COEUR.
Par DESPRÉAUX.

Air : *V'là c' que c'est d'aller aux bois.*

Napoléon est empereur ;
   V'là c' que c'est d'avoir du cœur !
C'est l' fils aîné de la valeur ,

Il est l'espérance
Et l'appui de la France ;
Il lui rendra tout' sa splendeur :
V'là c' que c'est d'avoir du cœur !

Il était né pour la grandeur,
V'là c' que c'est d'avoir du cœur !
Dès son enfance plein d'ardeur,
El'vé pour la guerre
A l'écol' militaire ;
C'était Alexandre en sa fleur :
V'là c' que c'est d'avoir du cœur !

Il brûlait d'être au champ d'honneur ;
V'là c' que c'est d'avoir du cœur !
Le canon ne lui fait pas peur,
Par des faits de marque
Bientôt on le r'marque ;
Il obtient un grad' supérieur :
V'là c' que c'est d'avoir du cœur !

On l' nomme général en grand chœur ;
V'là c' que c'est d'avoir du cœur !
Il s' rend digne de c' titre flatteur,
Et dans l'Italie,
Sa gloire établie
Fait qu' tout' la France chante en chœur :
V'là c' que c'est d'avoir du cœur.

Rev'nant d'Égypte, il prend d'l'humeur,
    V'là c' que c'est d'avoir du cœur!
Il voit chacun dans la stupeur,
      Et partout la France
      Dans la décadence;
Il s' dit : faut que j' sois son sauveur !
    V'là c' que c'est d'avoir du cœur!

Il monte à ch'val avec vigueur;
    V'là c' que c'est d'avoir du cœur !
Puis à Saint-Cloud, tout en douceur,
      Le *dix-huit brumaire*,
      Il arrang' l'affaire;
C'était l'auror' de not' bonheur :
    V'là c' que c'est d'avoir du cœur !

Des honnêt' gens il est l' vengeur;
    V'là c' que c'est d'avoir du cœur!
Il rétablit les lois, l'honneur,
      La religion chrétienne :
      Et pour que ça tienne,
Nous le proclamons empereur :
    V'là c' que c'est d'avoir du cœur.

CHANT LYRIQUE,

Dédié à S. M. l'empereur et roi, et présenté à l'impératrice Joséphine, par M. DUPUY-DES-ISLETS;

Musique de GARAT.

HONNEUR au monarque guerrier
L'amour et l'orgueil de la France,
Qui , dévançant notre espérance,
Chaque jour moissonne un laurier !
A sa valeur il s'abandonne ,
Roi , l'exemple de tous les rois ,
Par son génie et ses exploits ,
Il rajeunit l'éclat du trône.

Au fond des plus brûlans déserts ,
Il précipite son audace ;
Ou sur des monts chargés de glace ,
Il court affronter les hivers.
Au cri terrible de Bellone,
Bravant les plus affreux climats,
Il trouve , au milieu des frimats ,
Des fleurs pour tresser sa couronne.

France, dont il venge l'honneur,
Ranime pour lui ton hommage !
Ses lauriers sont ton héritage,
S'il combat, c'est pour ton bonheur.
Au bout du monde, la victoire
En vain raconte des succès ;
C'est par l'amour des bons Français
Qu'il juge du prix de la gloire.

Mais, d'une plus touchante voix,
Fêtons l'auguste souveraine
Que tous les cœurs proclament reine !
Heureux d'obéir à ses lois.
Prêtant un charme à la puissance,
Auprès d'elle on voit à sa cour
La grâce, à chaque instant du jour,
Embellissant la bienfaisance.

QUATRAIN.

Rome eut, dans *Fabius*, un héros politique ;
Dans *Annibal*, Cartage eut un chef héroïque ;
La France, plus heureuse, a dans *Napoléon*,
La tête du premier et le bras du second.

LOTERIE

DE TREIZE MILLE VOLAILLES,

Avec accompagnement des fontaines de vin,

RONDE JOYEUSE,

Par DESPRÉAUX.

AIR : *Mesd'moisell's , voulez-vous danser ?*

Vive, vive Napoléon !
Qui nous baille
De la volaille,
Du pain et du vin à foison ;
Vive , vive Napoléon !
Dès le premier jour l'abondance
Et le bonheur sont dans la France ;
Puisque ça commence si bien,
Je ne manqu'rons jamais de rien.
Vive , vive Napoléon !
Qui nous baille
De la volaille ,
Du pain et du vin à foison :
Vive , vive Napoléon !

S'te fois-ci c'n'est pas dès mentries;
Les poulard' tombont tout' roties,
Et tout l' mond' peut, la cruche en main,
A la fontain' puiser du vin.

    Vive, vive Napoléon! etc.

Tous les députés de la France,
En nous voyant faire bombance,
Pourront conter dans leux pays,
L' plaisir que j'avons dans Paris.

    Vive, vive Napoléon! etc.

Ces lampions et cet artifice,
Dans une seul' nuit f'ront leur office;
Mais pour l'auteur de tant d' bienfaits,
Not' amour n' s'éteindra jamais.

    Vive, vive Napoléon!
        Qui nous baille
        De la volaille,
    Du pain et du vin à foison:
    Vive, vive Napoléon!

STANCES

Faites au bruit du canon annonçant l'entrée triomphante des Français à Vienne.

DÉCEMBRE 1805.

POURQUOI ce bronze qui m'éveille
Fait-il donc retentir les airs ?
Sans doute que quelque merveille
Étonne aujourd'hui l'Univers ;
Ce tonnerre annonce à la Seine ,
Qu'à la voix du maître des Dieux ,
La valeur a conduit à Vienne ,
Napoléon victorieux.

En tous lieux des chants d'alégresse
Confirment ce nouveau succès.
A ces chants la plus douce ivresse
Vient s'emparer des cœurs Français?
Quand j'anticipe sur l'histoire ,
Pour écrire avec des lauriers ,
Enflamme ma veine , ô Victoire !
Du feu dont brûle nos guerriers.

Déjà l'Angleterre en alarmes,
De Nelson pleurant au tombeau,
Voit une autre source de larmes;
Pour elle quel affreux tableau!
Ses alliés mordant la poudre;
Nos aigles changés en lions;
Jupiter balançant la foudre
Qui va frapper les Albions.

J'entends, sur les rivages sombres,
Gémir *Alexandre* et *César*;
Le désespoir saisit leurs ombres;
On cite leurs noms par hasard :
De vivre ils n'ont plus l'espérance;
Adieu leur immortalité.
Par le héros qui règne en France,
Tout est vaincu, tout est dompté.

Par le président de la société lyrique
des bergers de Syracuse.

LA RETRAITE DES RUSSES,

APRÈS LA BATAILLE D'AUSTERLITZ.

AIR : *R'lan tan plan.*

Où sont-ils ces guerriers terribles,
Ces farouches enfans du Nord ?

De nos phalanges intrépides
Ils n'ont pu soutenir l'effort :
Ou dit que ces soldats d'élite,
Pour venir marchaient lentement ;
  R'li, r'lan ;
Pour s'en aller, ils vont plus vîte ;
  R'lan tan plan,
  Tambour battant.

De leurs alliés la déroute
Glaça leurs cœurs déjà si froids ;
Ils savent bien ce qu'il en coûte
A nous disputer nos exploits :
Vainement des antres de l'Ourse,
L'aquilon accourt en soufflant,
  R'li, r'lan ;
Leur fuite ralentit sa course ;
  R'lan tan plan,
  Tambour battant.

Si le nom fameux d'Alexandre
Est célèbre depuis long-temps,
Ce nom seul ne peut les défendre ;
Il y faut joindre des talens ;
Ce nom, du courage est le type ;
Mais l'on dit en le répétant :

    R'li , r'lan ,
Vit-on fuir le fils de Philippe ?
    R'lan tan plan ,
    Tambour battant.

Du fier triomphateur d'Arbèle ,
L'émule , c'est Napoléon :
Lui seul , à ses leçons fidèle ,
Est digne de porter son nom :
Sous lui les guerriers de la Seine ,
Leurs baïonnettes en avant ,
    R'li , r'lan ,
Poursuivent ceux du Boristhène ;
    R'lan tan plan ,
    Tambour battant.

Publié par madame BOUQUET-QUILLAU.

~~~~~~~~~~~~~~~~~~~~~~~~~~~~~~~~~~~~~~

ODE

Sur la mort du maréchal duc de
Montebello , tué à la bataille d'Essling ,
le 22 mai 1809.

Par M. Henri SIMON.

Quels accens frappent mon oreille !
L'airain au loin a retenti ;

Ce son lugubre qui m'éveille ?
Glace le peuple anéanti.
Du trépas les affreux ministres,
Au fond de leurs antres sinistres,
De cette mort même ont gémi.
Les orphelins pleurent un père ;
Les soldats on perdu leur frère ;
Un héros regrette un ami.

La mort ! cette agile courrière
Aurait tranché de si beaux jours !
Non , non : si l'homme est en poussière ,
Le héros existe toujours.
Ainsi ces monumens illustres ,
Après avoir vécu cent lustres ,
S'écroulent sous le poids des ans.
Mais rappelant leur origine ,
Ils existent dans leur ruine :
Leur souvenir brave le temps.

Montebello ! ta renommée
Aujourd'hui double son essor :
Au milieu de la grande armée ,
Ton âme auguste plane encor.
Oui , nos soldats rendent hommage
Au souvenir de ton courage
Que la mort n'a point emporté :
Faveur dont les héros jouissent !

Quand les jours d'un héros finissent,
Pour lui naît l'immortalité.

Telle est la sanglante couronne
Promise au héros immortel ;
Pour un favori de Bellone,
Un tombeau devient un autel.
Pendant vingt ans dans la carrière,
Son âme aussi noble que fière
Guida l'élite des guerriers ;
Mais la mort entr'ouvre sa tombe ;
Il fléchit, il chancèle, il tombe
Accablé du poids des lauriers.

Combien d'éclatantes journées
A nos hommages ont des droits !
Avant de compter tes années
On nombrait déjà tes exploits.
Ce guerrier, l'honneur de la Grèce,
Par une coupable faiblesse,
A terni sa gloire à Scyros ;
Mais ta vie en beaux traits fertile,
Parmi nous fit revivre Achille,
Et n'imita que le héros.

Il est peu de gloire durable ;
Tout s'éclipse un jour à nos yeux ;

La vertu même est périssable ;
Témoins ces exemples fameux :
Ombragé des lauriers de Cannes,
Dans des amusemens profanes,
Annibal oublia son nom ;
Et César, trompant son armée,
Vit son antique renommée
Se noyer dans le Rubicon.

O vaillant guerrier ! ta mémoire
Ne crains pas un tel déshonneur ;
Touté radieuse, ta gloire
Est aussi pure que ton cœur.
Au silence forçant l'envie,
Sur le point de trancher ta vie,
On voit hésiter Atropos ;
Et frappé par ce coup funeste,
Le dernier soupir qui te reste
Et encor celui d'un héros.

Lorsqu'à notre douleur en proie,
Nous pleurons ce mortel aimé ;
Je crois voir la farouche joie
De l'Anglais partout diffamé.
Frémis ! tremble, Albion perfide !
La France avait plus d'un Alcide
Dont tu redoutes les regards ;
Guidant notre armée invincible,

Il nous reste un lion terrible
Qui fera fuir les léopards.

France ! que tes regrets témoignent
Tout ce que tu perds à la fois !
Pleure ! et que tes larmes se joignent
A celle du plus grand des rois !
Ce héros que rien n'épouvante
Fixa la fortune inconstante
Dans plus de cent combats divers ;
Mais, couronné par la victoire,
Ce trépas, au sein de sa gloire,
Est pour son grand cœur un revers.

QUATRAIN

SUR LE POÈTE LEBRUN,

Qui a chanté successivement la monarchie, la république et l'empire, c'est-
à-dire, l'empereur.

PAR DÉSORGUE.

Oui, le fléau le plus funeste,
D'une lyre banale obtiendrait les accords ;
Si la peste avait des trésors,
Lebrun serait soudain le chantre de la peste.

CANTATE

Pour le concert public exécuté aux Tuileries le 2 avril, jour de la célébration du mariage de S. M. l'empereur Napoléon et de S. A. I. et R. l'archiduchesse Marie-Louise.

Musique de MÉHUL.

Paroles de M. ARNAULT, *membre de l'institut.*

LES FEMMES.

O doux printemps! descends des cieux
Dans tout l'éclat de ta parure!
Consolateur de la nature,
Viens ajouter encore au charme de ces lieux!
Parfumes ces bosquets, et sous nos pas joyeux,
Déroule tes tapis de fleurs et de verdure.

LES HOMMES.

Ne crains pas aujourd'hui d'exaucer nos désirs!
Ce n'est plus la voix de Bellone
Qui te presse à grands cris d'abréger ses loisirs;
Ce clairon qui sonne,
Ce bronze qui tonne,
C'est le signal des jeux, c'est la voix des plaisirs.

LES FEMMES.

Mars lui-même a cédé la terre
Au seul dieu que la paix ne puisse désarmer.
Sous un ciel plus serein vois tout se ranimer,
    Tout s'attendrir, tout s'enflammer ;
    Sur le chêne, sous la bruyère,
    Vois, cédant au besoin d'aimer,
L'aigle altière elle-même oublier son tonnerre !

LES HOMMES.

Mêlés aux citoyens, vois ces nombreux guerriers
Sous des myrtes nouveaux cachant leurs vieux lauriers,
Pour la première fois oublier les conquêtes !
    Vois le Français, vois le Germain
    Se tendre noblement la main
    Et s'inviter aux mêmes fêtes !

CHOEUR.

    Entends la voix qui retentit
Des rives du Danube aux rives de la Seine !
    Entends la voix qui garantit
Un long règne au bonheur que ce grand jour amène !

CHOEUR GÉNÉRAL.

Dieu de paix ! Dieu témoin du serment solennel,
    Dieu, couronne notre espérance ;
Rattache par ce nœud d'un amour éternel
Les destins de l'Autriche aux destins de la France !
    Ce nœud qui joint la force à la bonté,

La douceur au pouvoir, les grâces au courage ;
    Ce nœud qui joint la gloire à la beauté ,
Grand Dieu , de ta faveur déjà nous offre un gage ;
    Bénis, pour nos fils et pour nous ,
Le vœu qu'un couple auguste à tes autels profère.
En jurant leur bonheur , deux illustres époux
    Ont juré celui de la terre.
Que ce bonheur s'étende à la postérité !
    O Napoléon ! ô Louise !
    Que votre règne s'éternise ,
Sans cesse rajeuni par la fécondité !
De votre auguste amour, terme de tant d'orages ,
    Ce vaste empire attend ses rois :
Que votre hymen, dont ils tiendront leurs droits,
    Soit un bienfait de tous les âges.

ADRESSE

DE M. LE MARÉCHAL DE BROGLIE A SON FILS.

QUAND vous prolongez mon bâton ,
Victor, vous faites des merveilles ;
Je voudrais qu'il fut assez long
Pour vous donner sur les oreilles.

Extrait de l'almanach de Coblentz.

LA JOURNÉE DE L'HYMEN,

Par M. C. BRIFFAUT,

Auteur de *Rosamonde*, de *Ninus II*, et de *Jeanne Gray*.

FRAGMENS.

CHOEUR GÉNÉRAL.

Gloire à Napoléon ! Hymen, comble ses vœux !
Que le plus grand des rois en soit le plus heureux !

CHOEUR DES FRANÇAIS.

France ! tu n'étais plus : des pages de l'histoire,
L'anarchie en fureur avait rayé ta gloire.
Sous un crêpe sanglant, fuyant le front voilé,
Ton génie emportait au séjour étoilé
De tes héros perdus les images divines,
Et livrait la patrie au démon des ruines ;
Malheureux, nous pleurions, dans la poussière assis,
Tournant vers l'avenir nos regards obscurcis,
De sa nuit menaçante interrogeant les ombres ;
Quel astre, disions-nous, levé sur ces décombres,
Ranimera la France au fond de son cercueil ?
De son peuple orphelin, qui vengera le deuil ?

Napoléon paraît : sors de ta nuit profonde !
Sors, que ton front vainqueur rayonnant sur le monde,
A ses rois étonnés fasse baisser les yeux !
Revis pour les destins que nous doivent les cieux!
Il parle , tu renais , ta gloire se consomme ,
Et l'amour d'un grand peuple a payé le grand homme.

CHOEUR DES ARTS.

Accourons , célébrons ses travaux , ses conquêtes !
Que le champ soit ouvert, que les palmes soient prêtes!
Que le marbre et l'airain s'animent à sa voix !
Fatiguons nos pinceaux à tracer ses exploits !
Chantez , fils de la lyre , au pied de ses trophées!
La terre des héros doit l'être des Orphées.
Napoléon commande : allez , jusques aux cieux ,
Porter avec son nom ses faits victorieux !
Obélisques altiers , colonnes triomphales ,
Fontaines, jaillissez sous ses mains libérales !
Vieux monts, qui des Romains braviez l'aigle en cour-
     roux ,
Devant l'aigle française , Alpes abaissez-vous !
Ouvrez-vous, longs canaux; qu'en vos routes profondes
De cent fleuves rivaux fraternisent les ondes!
Que de travaux hardis , d'utiles monumens !
Un jeune Louvre sort de ses vieux fondemens.
Napoléon nous rend une vie immortelle ,
Et révèle à la France une France nouvelle.

LA JOURNÉE DE L'HYMEN.
CHOEUR GÉNÉRAL.

Gloire à Napoléon ! Hymen comble ses vœux :
Que le plus grand des rois en soit le plus heureux !

C'est ainsi qu'à travers ces cantiques sublimes,
Ces hommages, ces vœux, ces transports unanimes,
Ces voix des nations proclamant ses bienfaits,
Heureux, environné des heureux qu'il a faits,
L'esprit vers l'avenir, les regards sur la France,
A l'autel nuptial Napoléon s'avance.
Allez, nobles époux ; allez, couple adoré !
Les cœurs vous suivent tous vers ce Louvre sacré
Où résonne déjà la voix des saints cantiques.
La patrie, à genoux dans ces parvis antiques
Recueille les sermens que l'amour a dicté,
Et le cri de la terre aux cieux l'a répété.
A ce cri prolongé tous les cieux retentissent ;
Soudain de l'Orient les portes resplendissent,
S'ouvrent : du sanctuaire où siège l'Éternel,
Les anges prosternés, l'œil baissé sur l'autel,
Mêlant à nos concerts leurs voix harmonieuses,
Semblent faire avec nous une famille heureuse ;
Et Dieu même, le bras sur le Louvre incliné,
De son sceptre a béni le couple couronné.
Mille chants signalaient l'alégresse publique :
Voilà qu'au même instant une voix prophétique
Laissa tomber des airs ces accens solennels,

De l'Aurore au Couchant recueillis des mortels.

. . . .

« O peuples! rangez-vous sous le joug des bienfaits,
» C'est le seul qui sur vous s'étendra désormais.
» A l'âme du héros la carrière est tracée:
» Dans ce champ sans limite elle s'est élancée ;
» Et là, Napoléon, veut comme aux champs guerriers,
» Conquérir tous les cœurs comme tous les lauriers.
» Long-temps il jouira de ses travaux immenses.
» Vous verrez cet hymen entouré d'espérances,
» Par vos prospérités les remplir chaque jour ;
» Et l'auguste compagne, objet de son amour,
» Du bonheur d'un héros source pure et féconde,
» Éterniser son nom sur le trône du monde.
» Favori du Très-Haut, honneur à tes exploits!
» Les siècles se diront : il parut, et les rois
» Pâlissaient à ses pieds, et des peuples sans nombre
» De son camp protecteur couraient implorer l'ombre,
» Mais ils diront encore : Il connut l'équité ;
» Il éclaira le monde après l'avoir dompté ;
» Les cités prospéraient sous ses lois florissantes ;
» Le pardon descendit de ses mains indulgentes ;
» A son aspect les cœurs étaient épanouis ;
» Et ce roi qui se montre à nos yeux éblouis,
» Couronné de bienfaits, entouré de victoires,
» Eût toutes les vertus, comme toutes les gloires. »

REQUÊTE

DES ROSIÈRES DE SALENCY,

À S. M. L'IMPÉRATRICE MARIE-LOUISE,

PAR M. V. CAMPENON.

LE sort a placé notre asile
Loin des pompes des cours, loin du bruit de la ville ;
Et vers nos souverains aujourd'hui notre voix
 Va s'élever pour la première fois :
Quand le vœu d'un héros vous fit monter au trône,
 Notre pasteur nous dit au prône :
 « Mes enfans, bénissez le ciel !
 » Oui, sans doute, c'est l'Éternel
 » Qui plaça notre souveraine
» Dans ces rangs où les rois, par une heureuse chaîne ;
» Désirant affermir le repos des états,
» Au gré de leur amour vont chercher des compagnes ;
 » O mes filles ! n'en doutez pas !
 » La rose aurait été pour elle :
» Suivez donc à l'envi ce glorieux modèle !
» Et si le sort jamais la conduit dans vos champs ;
» Portez devant son char vos hommages touchans ! »

Ainsi de timides rosières,
Sûres d'un accueil généreux ;
Viennent jusqu'à vos pieds déposer leurs prières ;
Nous osons d'un hameau vous apporter les vœux ;
Les conscrits de notre village,
A leur retour nous ont déjà vanté
(Et sans doute des cieux c'était un doux présage)
De votre jeune majesté,
Les grâces, les attraits, et surtout la bonté.
Le ciel, à vos vertus livre avec assurance
Le bonheur du héros qui gouverne la France.
Cet espoir vous précède et vous suit en tous lieux.
Quand sur nos rives fortunées,
Vous venez, par les plus doux nœuds,
Du plus puissant des rois parer les destinées ;
Daignez, de vos regards favoriser aussi
Les jeunes têtes couronnées
Du village de Salency.
Ce village c'est notre empire ;
Nos états sont un champ : quelques roses ici
Forment l'humble couronne à laquelle on aspire ;
Souvent, pour l'obtenir, nos cœurs ont combattu.
Comme la vôtre, elle est le prix de la vertu ;
Et si l'Hymen partage et confond toutes choses,
De l'empire des Francs que votre auguste époux
Soit l'orgueil et l'appui ; mais vous,
Protégez l'empire des roses !

LA LOUISETTE,

PASTORALE,

CHANTÉE A LA FÊTE DONNÉE A NEUILLY,

PAR LA PRINCESSE BORGHÉSE.

Musique de JULIEN DUBOIS (1), *élève du Conservatoire.*

QUAND nous chantons sur la verdure ;
Au son de nos pipeaux légers,
Le doux réveil de la nature,
Les dieux, les rois et les bergers ;
Quelle déesse protectrice
A nos yeux vient se présenter ?
C'est notre auguste impératrice ;
C'est Louise qu'il faut chanter.

Des fontaines, fraîches Naïades !
Dont l'onde arrose les gazons ;
Brûlans Sylvains, belles Dryades,
Venez danser à nos chansons !

---

(1) Ce jeune et célèbre artiste, qui avait remporté à treize ans le prix de la flûte en cristal, est représenté sur la colonne de la place Vendôme. Il a probablement péri dans la malheureuse campagne de Russie.

Pour cette merveille adorée,
Franche gaîté, prends ton essor!
Pour nous Louise est une Astrée;
Elle ramène l'âge d'or.

Son front que la pudeur colore,
Est le soleil de nos vergers :
Minerve y fait oublier Flore
Et la déesse des bergers :
A ces divinités champêtres
Ne consacrons plus nos accens;
Pour Louise, à l'ombre des hêtres,
Allons brûler tout notre encens !

L'humanité, la bienfaisance
Précèdent Louise en tous lieux ;
Le bonheur naît de sa présence,
Comme il naît d'un regard des dieux.
C'est la félicité promise,
La providence des hameaux :
Gravons le beau nom de Louise,
Dans nos cœurs et sur les ormeaux !

Pour rendre le calme à la terre,
L'amour, touché de nos malheurs,
A l'aigle qui tient le tonnerre,
Offrit la plus belle des fleurs :

Quand du monde le plus grand homme ,
Au dieu rend hommage à son tour ;
Ah ! puisse naître un roi de Rome ,
Du premier baiser de l'amour !

ODE

A L'OCCASION DU MARIAGE DE L'EMPEREUR;

Par M. Néopucène-Louis LE MERCIER ,
Membre de l'Institut de France.

O lyre trop long-temps muette
Qui dormis suspendue à des myrtes sacrés ,
Lyre réveille-toi ! seconde d'un poète
　　Les chants par l'hymen inspirés.

　　Père fécond de la nature ,
Mille cœurs amoureux attendent ses leçons ;
Tout rit , les cieux , les eaux , les fleurs et la verdure ,
　　A la plus belle des saisons.

　　Cédons aux flèches que nous lance
Amour, le dieu des dieux , Amour, le roi des rois !
Il embrase , il ravit... Muse , sors du silence !
　　A ses feux ranimons nos voix!

Long-temps la discorde étrangère
T'effraya de l'horreur des combats renaissans;
Quel cygne put jamais, sous les coups du tonnerre,
    Faire entendre de doux accens?

J'ai vu, sur des débris assise,
Clio, gravant les faits en ses tables d'airain;
Elle-même pâlir de crainte, de surprise,
    Aux traits sanglans de son burin.

Elle consacre en ses annales
Les ligues de la haine, et ses folles erreurs;
Et tant de fausses paix, trèves non moins fatales
    Que les belliqueuses fureurs.

Elle peint l'aigle en ces tempêtes
Qui, vengeant l'olivier menacé de périr,
Pour sauver de l'état les premières conquêtes,
    Est forcé de tout conquérir.

Soudain Mnémosine immortelle,
De Clio, qu'elle aborde, interrompt les travaux:
« N'attriste plus la terre; écoute, lui dit-elle,
    » Et transmets des fastes nouveaux,

    » Cesse enfin, Muse de l'histoire,
» De noircir les tableaux de lugubres couleurs!
» Quand de l'humanité, si chère à ta mémoire,
    » Un Dieu répare les malheurs.

» Ce Dieu, c'est le tendre Hyménée
» Paré des attributs de Flore et du Printemps :
» Et la paix, cette fois, par sa main ramenée,
» Sourit à des jours éclatans. »

STANCES

Pour le mariage de l'empereur Napoléon
et de l'archiduchesse Marie-Louise ;

PAR M. LE CHEVALIER ALISAN DE CHAZET.

PARTOUT la riante Espérance
D'un couple auguste suit les pas.
Heureux villageois, que la danse
Parmi vous succède aux combats !
Que vos clairons soient des musettes ;
Vos chants guerriers de vieux refrains ;
Des fifres joyeux vos trompettes ;
Et vos tambours des tambourins !

Un héros vous donne l'exemple,
Imitez-le sans examen ;
De la guerre il ferme le temple,
En ouvrant celui de l'hymen :

STANCES.

Le dieu de la chevalerie
Sous ses drapeaux vient se ranger;
Pour lui l'étoile du génie
Devient l'étoile du berger;

De Mars affrontant les fureurs,
Long-temps il causa notre crainte;
S'il eût été blessé, nos cœurs
Auraient ressenti cette atteinte;
Mais par d'autres traits en ce jour,
Le repos du monde s'assure :
Il n'est atteint que par l'amour
Et nous chérissons sa blessure.

Quelles fleurs choisir aujourd'hui
Pour cette alliance immortelle?
Il faudrait des lauriers pour lui,
Il faudrait des roses pour elle.
Eh bien! pour n'avoir qu'une fleur,
Prenez celle que je propose!
C'est pour la grâce et la valeur
Qu'on inventa le *laurier-rose.*

Napoléon! de ton image
Louise a reçu l'heureux don;
Puisses-tu, par un autre gage,
Chez nous éterniser ton nom !

Cette preuve de la tendresse
Sera pour le peuple un bienfait ;
Et la France est une maîtresse
Qui demande aussi ton portrait.

~~~~~~~~~~~~~~~~~~~~~~~~~~~~~~

LE VOEU

DES CHEVALIERS FRANÇAIS;

Par M. le chevalier de PIIS.

Air : *Un jeune troubadour.*

Louise , entends la voix
De toutes ces cohortes,
Dont les flots sont aux portes
Du palais de nos rois!
Permets-nous de couvrir
Le fer de nos bannières
De ces fleurs printanières
Qui pour toi vont s'ouvrir.

D'un chevalier français
Tel est le caractère,
Que jamais il n'espère
Sans atteindre aux succès,

T. II.   9

LE VOEU.

Du ciel il est vainqueur
Quand il fait sa prière
Le genou gauche en terre,
Et la main droite au cœur.

Dieu puissant, juste et bon;
A qui tout rend hommage,
Sans doute à ton image
Tu fis Napoléon.
Les peuples sont surpris
Des vertus qu'il rassemble !
Un fils qui lui ressemble,
Doit en être le prix.

Pour voir le nouveau-né,
S'il faut que maint roi vienne;
Ils trouveront sans peine
Son berceau fortuné.
L'étoile de l'honneur
Qui brille sur la France,
En marquant sa naissance
Prédira son bonheur.

Des anges caressans,
Célestes sentinelles,
Par le vent de leurs ailes,
Rafraîchiront ses sens,

LE VOEU.

Après un doux sommeil,
Sans trouble, sans chimère,
Les baisers de sa mère
Charmeront son réveil.

Si plusieurs d'entre nous
Brûlent d'être ses gardes;
D'être au rang de ses bardes
D'autres seront jaloux.
Le front ceint de lauriers,
Ils passeront leurs veilles
A flatter ses oreilles
Par des hymnes guerriers.

Insensé léopard!
Toi seul dans ta rancune
A la fête commune
Tu ne prendras point part!
Quels projets superflus
Sur l'avenir tu règles!
Si la race des aigles
Compte un aiglon de plus.

Cet enfant bien-aimé
Ne peut tarder à naître,
Et le globe en doit être
Tout à coup informé.

Qu'on se fie au canon ,
A ce canon prospère,
Qui , si souvent du père
Fait retentir le nom.

~~~~~~~~~~~~~~~~~~~~~~~~~~~~

J'IRAI LE DIRE A ROME ;

COUPLETS

IMPROVISÉS AU BRUIT DU CANON,

Par M. MOREAU (du Caveau moderne).

Air : *Du pas redoublé.*

Du canon qui gronde en tous lieux ,
  Écoutons le vacarme !
Ah ! combien ce bruit belliqueux
  Pour nos cœurs a de charmes !
Il nous annonce qu'à l'instant ,
  Naît le fils d'un grand homme ;
Et *Blanchard* (1) s'envole en chantant :
  J'irai le dire à Rome !

------

(1) Madame Blanchard partit en ballon, une demi-heure après l'accouchement de S. M. l'impératrice , pour aller porter au loin cette grande nouvelle. Elle jetait partout des billets sur lesquels était écrit : *Le roi de Rome est né.*

Sujets du grand Napoléon,
   Peuple à ses lois fidèle !
Le ciel te donne un rejeton
   D'une tige si belle.
Entre tous les peuples fameux,
   Tu dois avoir la pomme ;
Et s'il en est un plus heureux,
   J'irai le dire à Rome.

Est-il un cœur vraiment français
   Que ce grand jour n'inspire ?
Par la gaîté de nos couplets
   Prouvons notre délire !
En France, de refrains joyeux
   On n'est pas économe :
Si quelque part on chante mieux,
   J'irai le dire à Rome.

Le héros qui sut à jamais
   Enchaîner la victoire
Fait revivre chez les Français
   Tous les genres de gloire ;
Et si, dans les règnes nombreux
   Que l'histoire nous nomme
On en trouve un plus glorieux,
   J'irai le dire à Rome.

STANCES

SUR LA NAISSANCE DU ROI DE ROME.

PAR M. J. MICHAUD.

DEPUIS le jour prospère où l'auguste hyménée
Dans le palais des rois alluma son flambeau ,
A peine le printemps , sous un soleil nouveau ,
Voit briller sa guirlande au front d'une autre année ;
A peine de retour des rivages lointains ,
Sur nos côteaux joyeux Flore vient de paraître :
Les temps sont accomplis, et la France a vu naître
L'enfant qu'à notre amour ont promis les destins.

Il te souvient des jours où ta reine adorée ,
Lutèce ! en tes remparts , en tes jardins pompeux ,
Dans un simple appareil se montrait à nos yeux ,
Et d'un peuple chéri s'avançait entourée (1).
Son front avait l'éclat de l'aube à son réveil ;
Nos cœurs la comparaient à la saison nouvelle

(1) On n'a pas oublié que Sa Majesté l'impératrice,
avant son heureux accouchement, se promenait tous les
matins sur la terrasse des Tuileries, où elle marchait
entourée des bénédictions du peuple.

(*Note de M. Michaud.*)

Qui vient parer nos champs et qui porte avec elle
L'espoir de tous les biens que mûrit le soleil.

Le fleuve plein d'effroi, sur sa rive fleurie,
Un jour n'aperçut point la fille des Césars ;
Dans nos jardins déserts, dans nos muets remparts,
On chercha vainement les traces de Marie ;
Le signal de Lucine a retenti trois fois ;
Sur les fronts consternés la douleur s'est empreinte ;
Près de l'hymen tremblant, Mars a connu la crainte,
Et la douleur gémit dans le palais des rois.

Dieu puissant ! de Louise abrège la souffrance !
N'interrompt point le cours de nos jours fortunés !
Veille sur tous les biens que tu nous as donnés !
Mais nos vœux sont remplis, ô trop heureuse France !
Le bonheur qui t'attend ne coûte point de pleurs ;
Et du deuil écartant les funèbres images,
Ton jeune roi naîtra sous un ciel sans nuages,
Comme naît un beau jour dans la saison des fleurs.

Déjà Paris entend le bronze pacifique ;
Tous les arts étonnés suspendent leurs travaux (1) ;
Le dieu du fleuve écoute au fond de ses roseaux
Le Louvre a tressailli sous son vaste portique...

_____

(1) Il est difficile de décrire la vive sensation qu'ont produite dans la capitale les cent coups de canon annonçant la naissance du roi de Rome.

(*Note de M. Michaud.*

Oui : c'en est fait , l'airain tonne , et tonne cent fois :
Il tonne, et la colline au dieu Mars consacrée ,
Et le mont où Paris voit sa vierge honorée,
Sur leurs sommets émus répondent à sa voix.
Un globe radieux s'élançant dans la nue ,
Aux célestes lambris va porter nos concerts :
Dans les bois écartés et sur les monts déserts ,
Descend du haut des cieux une voix inconnue.
Du Louvre triomphant le signal est donné ;
Soudain la Renommée , à ce signal docile,
Des bords de l'Éridan aux rives de la Dyle ,
Dit aux peuples surpris : «Un roi de Rome est né! »

Du Nord et du Midi les régions lointaines
De l'heureuse Lutèce ont redit les accords :
Au signal de l'airain qui tonne dans nos ports ,
Neptune impatient de voir briser ses chaînes ,
Sur ses flots azurés lève un front radieux ;
Au seuil de nos hameaux l'espérance est assise ,
Et raconte aux pasteurs les bienfaits de Louise ,
Et d'un héros naissant l'avenir glorieux.

Renouvelle tes chants , riche et belle Ausonie !
Peuple de Romulus, noble cité de Mars ;
Levez-vous ! saluez l'héritier des Césars !
Du grand Napoléon il aura le génie ;
Comme lui de l'empire il maintiendra les droits :
La victoire a juré de lui rester fidèle :

Il régira le monde , et la ville éternelle
Doit être encor pour lui la maîtresse des rois.

O spectacle inconnu ! Lutèce triomphante ,
De lauriers belliqueux voit ses temples parés :
Le bronze tonne encore... aux lévites sacrés ,
La victoire elle-même , en sa pompe éclatante ,
Vient présenter des rois l'auguste rejeton ;
Et la Religion , le montrant à la Terre ,
Sous un dais entouré des enfans de la guerre ,
Au pied des saints autels va consacrer son nom.

Sion , réjouis-toi ! la voix de tes prophètes
Vient annoncer encor les jours de l'Éternel :
Devant un jeune enfant , cher espoir d'Israël ,
Les cèdres du Liban inclineront leurs têtes :
Des peuples opprimés il deviendra l'appui ;
Il punira le crime , il flétrira le vice ;
Ses paroles seront la voix de la justice ,
Et l'esprit du Seigneur marchera devant lui.

Quand d'un autre David , son glorieux modèle ,
Cet enfant adoré connaîtra les exploits ;
Sion dans sa splendeur , aura donné des lois
Aux fils de Samarie , à l'Égypte infidèle ;
Le Philistin verra ses remparts démolis ,
Ses champs seront couverts de ronces et d'épines ,
Et la superbe Tyr montrera ses ruines
Au rivage des mers où son trône est assis.

Vainement la discorde, en frémissant de rage,
Agite ses serpens étouffés tant de fois :
Le berceau glorieux où dort le fils des rois,
Est pour nous l'arc-en-ciel qui brille après l'orage.
Déjà le ciel plus doux sourit à nos concerts ;
O prodige éclatant! de guirlandes parée,
La couche d'un enfant devient l'arche sacrée
Qui conserve la loi promise à l'Univers.

O vous, heureux enfans ! qui commencez la vie,
Jeunes fleurs qui naissez pour un monde nouveau,
Un astre aimé des cieux luit sur votre berceau :
A vos destins futurs le vieillard porte envie.
Sous une terre heureuse et sous un ciel serein
Vous verrez sans effroi les crimes de notre âge ;
Semblables au rocher contemplant du rivage
Les flots tumultueux de l'Océan lointain.

Au signal d'un héros, père de la patrie,
Une Flore inconnue a paru dans nos bois (1) ;
Le désert étonné va fleurir à sa voix
Et verra des cités la féconde industrie :

---

(1) S. M. l'empereur vient d'encourager la culture des plantes qui peuvent suppléer à l'indigo, à la cochenille, à la canne a sucre, etc.

(*Note de M. Michaud.*

Le miel américain croîtra dans nos sillons ;
Des trésors ignorés dans nos champs vont éclore ,
Et sur leurs bords lointains, les peuples de l'aurore,
Des rives de la Seine environt les moissons.

Nos fleuves uniront leurs ondes fraternelles ;
Et des climats divers échangeant les trésors ,
Le commerce opulent , rappelé dans nos ports ,
Régnera sur des mers trop long-temps infidèles.
Tous les arts enfantant des prodiges nouveaux ,
Orneront des palais et des cités nouvelles ,
Et le front couronné de palmes immortelles ,
Du grand Napoléon rediront les travaux.

Français, vous n'aurez plus qu'à chanter ses conquêtes !
Le fer qui des guerriers arma les bataillons ,
Tracera dans vos champs de paisibles sillons ;
L'airain ne tonnera que dans vos jours de fêtes ;
Vous donnerez vos lois à vingt peuples divers ;
Et l'arbre de la paix , qui croîtra d'âge en âge ;
Sur votre empire immense étendant son ombrage,
De l'Univers soumis entendra les concerts.

~~~~~~~~~~~~~~~~~~~~~~~~~~~~~~~~~~~~~~~

C'EST UN GARÇON !

Par A. MARTINVILLE,

*L'un des rédacteurs du Journal de Paris, mainte-
nant rédacteur du Drapeau blanc.*

Ah ! quel bonheur ! ah ! quelle ivresse !
Français, chantons, dansons , buvons !
Que dans ce beau jour d'alegresse
Sautent les cœurs et les bouchons !
Le ciel comble notre espérance ;
L'air retentit du plus doux son.....
   Pon, pon , pon , pon , pon, pon,
      Ratapon ;
Les cœurs ont , dans toute la France,
Compté cent un coups de canon :
     C'est un garçon !

Je sens redoubler mon ivresse
Quand je pense à notre empereur ;
Il aura pleuré de tendresse ;
Soyons heureux de son bonheur !
C'est le plus beau jour de sa vie
Que nous annonce le canon,
   Pon , pon, pon , pon , pon, pon ,
      Ratapon ;

Je crois l'entendre qui s'écrie ,
En baisant son joli poupon :
     C'est un garçon !

C'est à toi , princesse adorée ,
Qu'on doit le plus beau des présens.
De bonheur la France enivrée
Te tend ses bras reconnaissans.
De cette nouvelle prospère
Quel beau courier que le canon !
Pon , pon , pon , pon , pon , pon ,
     Patapon ;
Ah ! dans le palais de ton père ,
Déjà l'on chante à l'unisson :
     C'est un garçon !

Je sais bien qui tout bas enragè :
Anglais , à l'esprit si subtil !
Cet enfant de Mars est , je gage ,
Pour vous un fier poisson d'avril.
De notre fortuné rivage ,
Quand vous entendrez le canon ,
Pon , pon , pon , pon , pon , pon ,
     Patapon ;
Vous direz : goddem ! quel tapage !
Ce bruit n'anonnce rien de bon :
     C'est un garçon !

Quand , dans les sentiers de la gloire,
Il viendra guider nos soldats;
Sur le chemin de la victoire ,
De son père il suivra les pas.
Quel brillant courage il déploie !
Il sourit au bruit du canon,
Pon , pon , pon , pon , pon , pon,
      Patapon;
Nos vieux soldats pleurant de joie,
Diront : du *grand Napoléon*,
      C'est le garçon !

De la France acquittons la dette ,
Filles , garçons , mariez-vous !
Pour que la fête soit complète
Réveillez-vous anciens époux!
C'est le triomphe d'Hyménée
Qu'annonce aujourd'hui le canon ;
Pon , pon , pon , pon , pon , pon ,
      Patapon ;
Belles , songez que , cette année,
Chaque épouse , à Napoléon
      Doit un garçon.

HOMMAGE D'UN TROUBADOUR,

NOEL NOUVEAU,

Adressé à l'auguste nouveau-né de LL.
MM..II. et RR. Napoléon-le-Grand et
Marie-Louise.

PAR M. ARMAND-GOUFFÉ.

AIR : *Tous les bourgeois de Châtre.*

O toi ! dont la naissance
Comble enfin tous nos vœux ,
Jeune espoir de la France ,
Enfant chéri des cieux !
Le troubadour joyeux ,
En te voyant s'écrie :
Un noël nouveau t'est bien dû ,
Puisque nous t'avons attendu
Comme un nouveau messie,

Que partout on révère ,
Devant lui prosterné ,
D'une royale mère
Le royal nouveau-né !
Qu'il soit environné

De riantes images !
Mortels , accourez à ma voix !
Il doit des bergers et des rois
Recevoir les hommages.

Tel descend sur la terre
L'enfant-Dieu triomphant ;
Un pouvoir tutélaire
L'appuie et le défend :
Tel cet auguste enfant,
Fruit d'un hymen prospère ,
Lorsqu'à ses yeux le jour a lui,
N'eut rien vu de plus grand que lui
S'il n'eut pas vu son père.

Successeur d'un tel père ,
Héritier de ses droits,
A cent peuples , j'espère ,
Il donnera des lois.
Dès son berceau, je vois
Que le sort le seconde ;
Déjà puissant et respecté,
Il devient roi d'une cité
Long-temps reine du monde.

Pressé de le connaître ,
Notre amour qui l'attend,
Aux lieux qui l'ont vu naître

S'élance au même instant.
Un prodige éclatant (1)
Nous guide et le dévoile ;
Pour l'annoncer à tous les yeux ,
La gloire, au loin, du haut des cieux ;
Fait briller son étoile.

VAUDEVILLE

DE L'HEUREUSE GAGEURE ,

DIVERTISSEMENT EN VERS ,

Représenté sur le théâtre Français , le 25 mars 1811.

Par M. DESAUGIERS.

Air : *Le magistrat irréprochable.*

HIPPOLYTE (*M. Armand*).

ILLUSTRE fils de la victoire ,
Reçois notre encens et nos vœux !
Tu seras l'amour et la gloire
De ton siècle et de nos neveux.

(1) La comète de 1811.

VAUDEVILLE.

Déjà, bénissant ta naissance,
Nous voyons à tes lois soumis,
Dans le berceau de ton enfance,
Le tombeau de nos ennemis.

THIBAULT (*M. Michot*).

Célébrons ce mois mémorable
Qui, dans un enfant adoré,
D'un bonheur à jamais durable,
Nous donne le gage sacré.
Le prince dont l'auguste père
Hérita du nom des Césars,
Devait recevoir la lumière
Sous l'heureuse étoile de Mars.

ALIX (*Mademoiselle Leverd*).

Toi, de ton sexe le modèle,
Toi, dont la tendresse en ce jour,
A ton peuple heureux et fidèle,
Donne un nouvel objet d'amour !
Fasse la bonté tutélaire,
Du ciel qui daigna le former,
Qu'il ait tes vertus pour nous plaire,
Qu'il ait notre cœur pour t'aimer.

FURET (M. *Baptiste Cadet*).

Je r'prochais au destin contraire
De m'avoir assez maltraité ,
Pour me r'fuser, en c' jour prospère ;
Les douceurs d' la paternité ;
Mais à présent je lui pardonne
De s'être moqué d' mon souhait ,
Car le nouveau-né qu'il nous donne
Vaut bien celui que j'aurais fait.

LOUISE (*Mademoiselle Mars*).

Tandis que l'idole du monde
Dans son berceau repose en paix ,
Daignez joindre , au canon qui gronde ,
Le bruit garant de nos succès ;
Et surtout gardez-vous de croire
Que vous troublerez son repos :
Jamais un chorus de victoire
N'effraya l'enfant d'un héros.

ÉLAN D'UN COEUR FRANÇAIS,

Inséré, avec mention honorable, dans les
hommages poétiques, tome II.

Déja la violette au bois venait d'éclore ,
Le printemps ramenait les jeux et les plaisirs ;

Zéphir brûlant d'amour portait ses vœux à Flore ;
    Qui souriait à ses désirs.

De Mars on admirait la marche triomphale,
Quand du haut de son char un astre radieux,
Que guidait à pas lents l'amante de Céphale,
    Nous annonça le fils des dieux.

Soudain le bronze tonne, et des plaines celtiques,
La déesse aux cent voix vole chez les Germains :
En tous lieux elle entend adresser des cantiques
    Au nouveau sauveur des humains.

Dans ce jour d'alégresse, ô nymphes de la terre !
Recevez cet enfant qui charme vos regards ;
C'est un nouvel amour, né du dieu de la guerre
    Et de la fille des Césars.

Chantez, chantez Français, votre adorable reine,
Dont le sein glorieux renfermait ce trésor !
Quand le fils de Maya le présente à la Seine,
    Avec lui renaît l'âge d'or.

Le Tibre dont les flots roulent l'or du Pactole,
Semble s'énorgueillir de couler sous sa loi ;
Et le peuple romain, du haut du Capitole
    Exalte le nom de son roi.

Présent des immortels ! roi de Rome... et du monde !
Toi, dont les nations attendent leur bonheur,

Sois un autre Janus, que la terre féconde
    Érige un temple en ton honneur !

Fier de veiller sur toi, quand l'aigle de la gloire ;
Du rayonnant Phébus ose fixer les traits,
Quand son œil belliqueux annonce une victoire,
    Ton sourire annonce la paix.

Sous ton règne on verra l'abondance aux mains pleines
Des trésors de Bacchus et des dons de Cérès,
Fécondant tour-à-tour nos côteaux et nos plaines,
    Exploiter l'or de nos guérets.

De ton cœur la bonté, sans nuire à ton courage ;
Doit te faire adorer de cent peuples divers ;
Ainsi le dieu du jour, brillant après l'orage,
    Reçoit l'encens de l'Univers.

S'il est un opprimé, s'il te voit, qu'il espère ;
Songe qu'à ta justice il a les premiers droits !
Quand les peuples en toi retrouveront un père,
    Tu seras l'arbitre des rois.

Sur les arts ta faveur doit être répandue ;
Des vierges d'Aonie encourage les chants :
Encourage encor plus celui dont la charrue
    Sait rendre fertiles nos champs.

Tel on vit autrefois ce roi de l'Ausonie,
A l'ombre des tilleuls, ou sous un dais de fleurs,

Recevant les conseils de la nymphe Égérie,
    Protéger les agriculteurs.

Tel fut ce Servius, de Tarquin la victime;
Tel enfin ce Titus *qui ne perdit qu'un jour*,
Et seul fut comparable au héros magnanime
    Qui du monde est aussi l'amour.

Pour toi, l'antiquité n'offre point de modèle;
Tu ne dois ressembler qu'au premier de ton nom :
On se plaît à citer Trajan et Marc-Aurèle;
    Mais tu seras Napoléon.

Moderne Romulus, amour de ma patrie!
Demi-dieu que l'Olympe envîrait aux mortels,
Que la reconnaissance, à ta mère chérie,
    Élève en tous lieux des autels !

Par M. P. C.

~~~~~~

LE CHANT DE VIRGILE,

SUR LA NAISSANCE DU ROI DE ROME,

Par MILLEVOYE.

L'AIRAIN sonnait, le bronze éclatant dans les airs,
De la naissance auguste informait l'Univers.

Rome fut attentive : en ses nobles ruines,
Tressaillit la cité que fondèrent les dieux;
    Et l'aigle des sept collines
    Poussa trois cris vers les cieux.

Le Pausilype, au fond de sa grotte lointaine,
Les répéta trois fois; et l'immortel rameau
    Du rival de Mélésigène (1)
    Frémit long-temps sur son tombeau.

Lui-même reprenant cette lyre inspirée
Qui n'a point oublié le nom de Marcellus,
Il s'élance couvert de la nue azurée,
Des champs de Parthénope aux monts de Romulus.

    O Capitole! sous ta voûte,
    Il vient chanter l'hymne aux Romains;
Du fond de ses roseaux le Tibre ému l'écoute,
Et l'urne d'or est prête à tomber de ses mains.

« Reprends, cité de Mars, dit le chantre d'Énée;
» La pourpre souveraine et l'orgueilleux faisceau !
» Cesse de déplorer ta gloire détrônée,
» Tes temples en poussière et tes dieux au tombeau !

─────────────────────

(1) Homère, né aux bords du fleuve Mélès, portait avant sa cécité, le nom de Mélésigène.

» Sois toujours cette ville auguste et fortunée

» Qu'à la mère des dieux comparaient mes accens(1)!

» Quand reine de l'Olympe et de tours couronnée,

» Des rois de l'Univers elle accueillait l'encens.

» Le Louvre a triomphé du divin Capitole;

» Lutèce est en ce jour la Rome d'autrefois,

» Mais Rome est fière encor de régner sous ses lois,

» Et du trône du monde un berceau la console.

   » Sur ce berceau chéri des dieux,

» Sont apparus, dit-on, des signes prophétiques;

   » Ainsi qu'aux jours antiques,

» Un astre inattendu s'est levé dans les cieux (2).

» L'hiver s'enfuit aux monts de la Scandinavie ;

   » Le soleil, père de la vie,

» A redoublé l'éclat de son disque enflammé;

» Et jaloux d'assister au bonheur de la France ;

   » Le printemps, dieu de l'espérance,

» Remonte avec le temps sur son char embaumé.

» De lauriers et de fleurs la tête environnée,

» Viens r'ouvrir désormais la marche de l'année,

---

(1) Virgile, Énéide.

(2) Découverte d'une nouvelle étoile peu de jours avant la naissance du roi de Rome.

» Mois consacré jadis à l'amant de Vénus !

» Triomphe, ressaisis ta guirlande flétrie

     » Que posa l'ami d'Égérie

     » Sur le double front de Janus.

» Du temple de ce dieu, portes étincelantes

» Fermez-vous à jamais ! cachez à l'œil mortel

» Le char de fer, le glaive et les haches sanglantes,

» Et du terrible Mars l'inexorable autel.

» Le seuil d'airain, scellé des mains de la victoire,

» Recevra les tributs de l'Univers soumis ;

» Là César, au repos condamné par sa gloire,

» Verra se prosterner ses derniers ennemis.

» Là, viendront expirer les haines sanguinaires,

     » Les discordes incendiaires,

     » Et les homicides complots ;

     » Là, viendra se briser la rage

     » De cette nouvelle Carthage,

     » Turbulente comme ses flots.

     » Ivres d'une joie insensée,

     » Ils avaient dit dans leur pensée :

     » Sa race avec lui doit finir.

     » Il mourra le Dieu de la terre ;

         » Son trône solitaire,

» Comme sans héritier, sera sans avenir.

» Mais leur espoir s'enfuit comme une ombre légère;
    » De César le fils adoré ,
» Magnanime héritier des vertus de sa mère,
    » Du monde est le lien sacré,

» Seine , embellis tes bords pour la reine chérie;
    » Pose ton urne à ses genoux !
    » Terre d'hymen , heureuse Austrie !
» Cueille pour l'ombrager tes myrthes les plus doux.

» Par elle , le Danube , et l'Oder , et la Sprée ,
» Ont aux flots du vieux Tibre associé leurs eaux;
    » Par elle , l'olivier d'Astrée
» Sur l'Univers romain balance ses rameaux;

    » Pourquoi l'arrêt des destinées ,
    » De ma gloire enchaînant le cours,
    » A-t-il donc placé mes journées
    » Si loin de ces illustres jours ?

» Rome , ô jeune César ! sous ton règne prospère,
    » Ne m'eut point vu de mon vieux père
» Redemander les dieux et les champs envahis.
» Exilé pour jamais de son rustique empire ,
» Mélibée en pleurant n'eut point dit à Tityre :
» Heureux vieillard, tes champs ne te sont point ravis.»

L'ombre à ces mots retourne au sein du mausolée.
Dans les airs lentement sa voix s'est exhalée

Comme le dernier son d'un luth mélodieux ,
Ou comme cette odeur d'immortelle ambroisie
    Dont la brillante poésie
    Parfume les traces des dieux.

ROMA AL SUO RE.

ODE

Di G. BIAGIOLI.

Parigi 1811.

« Sacro germe regal , al cui vagire
   » Par che tutto s' ammante
» L'universo di riso , e per le spire
   » Del Ciel lucide e sante
   » Tal circular si sente
» Divin suono , qual fu da pria largito
» Dai cerchi eterni al valore infinito;
   » Me ravvisa dolente ,
» Cui padre e sposo da sì lunghi guai
» Ritrar t' è dato a dì splendidi e gai.

» Queste , ch' or sparte al pie' , già mille Regi
   » E trionfate genti
» Trasseimi dietro , e principi e collegi :
   » Questi un dì si lucenti

» Lumi, di gioia or privi,

» Già d' un sol cenno, quanto gira in tondo;

» Sin da' cardini suoi scossero il mondo :

    » Questi lauri ancor vivi,

» Che mi fan serto all' avvita chioma,

» Dal mio braccio m' offrì la Terra doma,

» Questi, che miri spesseggiarmi intorno,

    » Magni spirti onorati,

» Che vita han pur d' obblivione a scorno;

    » Questi fur que' laudati,

    » Che cinti di valore,

» E col desir ch' in alto cor s' indonna,

» Di provincie mi fero arbitra e Donna.

    » Questi è 'l gran fondatore

» Col fido stuol; quegli il fatal principio;

» I Fabj, i Deci quei; Cesare, e Scipio.

» Con sì nobil famiglia il nome mio

    » Alto sonar s' intese;

» Tal che lingua, nè penna il vol seguio

    » Di mie superbe imprese.

    » In qual terra, in qual sponda

» Non giunse il mio valor ? la Senna, il Reno,

» L' Ebro tel dica, e l' ampio lito ameno

    » Che 'l divo Nil feconda.

» Tra i confini del mondo si distende,

» Quant' occhio, o mente in sua virtù comprende.

» Ma poi che, spenta quella schiera amica
    » Di magnanimi eroi,
» Fui preda a gente di virtù nemica;
    » Orsi, tigri, avvoltoi
    » Aspra guerra mi fero;
» Sicchè sfregiata, e giù messa nel fango,
» E notte e giorno di mio strazio piango;
    » Ahi Destin crudo e fiero!
» Qual tapin d' ogni ben spogliato e infermo,
» Che sol col pianto al suo dolor fa schermo.

» Or tu, cui data per eterna sorte
    » Fu l' onorata verga,
» Onde, spezzate l' aspre mie ritorte,
    » Al prisco onor tu m' erga;
    » Lieve a te fia con l' arte
» Del gran Padre, e di sue virtudi al raggio
» Il ricondurmi al mio primo viaggio;
    » Chè nel popol di Marte,
» Bench' or nel sonno neghittoso e lento,
» Della gloria il disio non è ancor spento.

Tal folgorò, col fin di sue parole,
    Un lume in gli occhi bei
Del regio infante, qual per nube suole
    Raggio di Sol che mei
    Sovra prato di fiori;
Onde assalita l' egra Donna, in forma

Non mai vista s' abbella , e si trasforma.
   Già di mille colori
S' adorna, e già nel moto delle membra ;
Non più donna mortal , ma Dea rassembra.

Amor, quanto mai fu , negli occhi ardea
   Quinci e quindi , e sereno
Al mutuo raggio tutto s' accendea
   L' aer d' amor ripieno.
   Carchi di maraviglia
Gl' illustri spirti dir pareano in quella :
« O Roma! o Patria ancor tornerai bella! »
   E mentre in lor le ciglia
Coll' alma affiggo , mi riscosse un suono
Tale che vinto ne sarebbe il tuono.

Parve allor che del Ciel l' immense porte
   Dischiuse , in mille schiere
Tutta scendesse giù l' empirea corte,
   E quante per le sfere
   Intelligenzie han centro,
Con tribudj e con canti , ch' uom pensando
Agguagliar non poria , non che parlando.
   Ma tale ancor per entro
Mia visione mi distilla un dolce,
Che 'l tropp' alto desir rattempra e molce.

LE RETOUR A TILSITT.

AIR : *Malgré la bataille.*

Puisque la Russie
Nous a menacés,
Et puisqu'elle oublie
Nos exploits passés ;
Dans la lice ouverte,
Ardens à voler,
Courons, par sa perte,
Les lui rappeler.

Marchons, camarades,
Marchons ; mais, morbleu !
Par mille rasades
Préludons au feu...
La cuve bouillonne,
Le vin a coulé ;
La trompette sonne,
Le Russe a tremblé.

En vain il vous crie,
Noble Polonais !
« De votre patrie
» Chassez les Français ! »

LE RETOUR A TILSITT.

Rompez ces entraves,
Et dites-leur tous,
Que chez les vrais braves,
Nous sommes chez nous.

Du Niémen perfide
Le torrent soumis
S'abaisse et nous guide
Vers nos ennemis.
Tu fuis, Alexandre,
Tu fuis de Wilna....
Ton trône est en cendre :
L'invincible est là.

L'honneur le réclame ;
Il devient soldat ;
Le danger l'enflamme ,
Il vole au combat.
Les Russes paraissent,
Sa voix va tonner ;
Les lauriers renaissent,
Il va moissonner.

Terre trop ingrate !
Entends-tu ces cris ?
Le salpêtre éclate
Dans les airs surpris...

De feux et de poudre,
Quel noir tourbillon !
Tremble !.... c'est la foudre
Ou Napoléon !

PAR M. DÉSAUGIERS.

LE ROI D'IVETOT.

PAR M. J.-P. DE BÉRENGER.

MAI 1813.

AIR : *Quand un tendron vient dans ces lieux.*

IL était un roi d'Ivetot,
  Peu connu dans l'histoire,
Se levant tard, se couchant tôt,
Dormant fort bien sans gloire,
  Et couronné par Jeanneton
  D'un simple bonnet de coton,
    Dit-on.
Oh ! oh ! oh ! oh ! ah ! ah ! ah ! ah !
  Quel bon petit roi c'était là !
    La, la.

Il faisait ses quatre repas
  Dans son palais de chaume,

Et sur un âne, pas à pas,
   Parcourait son royaume.
Joyeux, simple et croyant le bien;
Pour toute garde il n'avait rien
     Qu'un chien.
Oh ! oh ! oh ! oh ! ah ! ah ! ah ! ah !
   Quel bon petit roi c'était là !
     La, la.

Il n'avait de goût onéreux
   Qu'une soif un peu vive ;
Mais en rendant son peuple heureux,
   Il faut bien qu'un roi vive.
Lui-même, à table, et sans suppôt,
   Sur chaque muid levait un pot
     D'impôt!
Oh! oh! oh! oh! ah ! ah ! ah ! ah!
   Quel bon petit roi c'était là !
     La, la.

Aux filles de bonnes maisons
   Comme il avait su plaire,
Ses sujets avaient cent raisons
   De le nommer leur père ;
D'ailleurs, il ne levait de ban
Que pour tirer quatre fois l'an
     Au blanc.

Oh! oh! oh! oh! ah! ah! ah! ah!
  Quel bon petit roi c'était là!
    La, la.

Il n'agrandit point ses états,
  Fut un voisin commode,
Et modèle des potentats,
  Prit le plaisir pour code.
Ce n'est que lorsqu'il expira
Que le peuple qui l'enterra
    Pleura.
Oh! oh! oh! oh! ah! ah! ah! ah!
  Quel bon petit roi c'était là!
    La, la.

On conserve encor le portrait
  De ce digne et bon prince;
C'est l'enseigne d'un cabaret
  Fameux dans la province.
Les jours de fête, bien souvent,
La foule s'écrie en buvant
    Devant:
Oh! oh! oh! oh! ah! ah! ah! ah!
  Quel bon petit roi c'était là!
    La, la.

———

LA LYONNAISE,

CHANT DE GUERRE DE 1814.

CIEL ennemi! ciel! rends-nous la lumière!
Disait *Ajax*, et combats contre nous!
Seul contre tous, malgré le sort jaloux;
De notre *Ajax* voici la voix guerrière :
Que les *cités* s'unissent aux soldats!
Rallions-nous pour les derniers combats!
Français! la paix est aux champs de la gloire;
La douce paix fille de la victoire.

Quoi! dans son sein notre belle patrie
Voit s'avancer leurs cruels bataillons!
Eh bien! leur sang nourrira les sillons
De cette terre en proie à leur furie :
Que les cités s'unissent aux soldats!
Rallions-nous pour les derniers combats!
Français la paix n'est qu'aux champs de la gloire,
La douce paix, fille de la victoire.

Il a parlé le monarque et le père :
Qui serait sourd à sa puissante voix?
Patrie! honneur! c'est pour vos saintes lois:
Nous marchons tous sous la même bannière.

Rallions-nous, citoyens et soldats !
Rallions tout pour les derniers combats !
Français ! la paix n'est qu'aux champs de la gloire ?
La douce paix , fille de la victoire.

Ils sont levés , les enfans de la terre ,
Ceux dont le monde admira les exploits :
Sol des guerriers ! pour la dernière fois
L'audace aura profané ta frontière :
Elle a sonné l'heure de leur trépas !
Ils sont vaincus ; la mort est sur leurs pas ;
Français ! la paix n'est qu'aux champs de la gloire ;
La douce paix , fille de la victoire.

Napoléon , roi d'un peuple fidèle !
Tu veux borner la course de ton char ;
Tu nous montras *Alexandre* et *César :*
Oui , nous verrons *Trajan* et *Marc-Aurèle.*
Nous sommes tous tes enfans , tes soldats :
Nous volons tous à ces derniers combats :
Elle est conquise aux nobles champs de gloire ,
La douce paix , fille de la victoire.

~~~~~~

LE DÉPART,

A L'OCCASION DU DÉPART DE L'EMPEREUR.

PAR M. DÉSAUGIERS.

Journal de Paris du 26 janvier 1814.

AIR : *Du premier pas.*

Il est chez nous cet ennemi sauvage,
Cet ennemi, du nom Français jaloux ;
Sa voix nous flatte et son bras nous ravage ;
Que ce seul cri double notre courage :
Il est chez nous.

Il s'est armé celui dont la vaillance
A vu long-temps fuir le Russe alarmé ;
Elle a sonné l'heure de la vengeance ;
Tremblez, tremblez, ennemis de la France !
Il s'est armé.

Il est parti : dans les plaines guerrières,
Au loin déjà l'airain a retenti ;
Champs de la gloire ouvrez-lui vos barrières !
Et nous, au ciel adressons nos prières...!
Il est parti.

Sauve ses jours, ô Dieu de ma patrie !
Dans les périls prête-lui ton secours ;
Les yeux en pleurs, une épouse chérie,
Un noble enfant, un peuple entier te crie :
Sauve ses jours !

« Il reviendra, le fils de la victoire,
» A répondu le ciel qui l'inspira ;
» Il l'a juré, tout vous dit de le croire....
» Oui, ramené par la paix et la gloire,
» Il reviendra. »

COUPLETS

CHANTÉS DANS L'ORIFLAMME.

Issu d'un noble chevalier,
Raoul en ces lieux prit naissance ;
A peine il sortait de l'enfance
Qu'il soulevait le bouclier,
Et portait le glaive et la lance.
Pour voler aux champs de l'honneur
Il quitte sa mère chérie,
S'écriant : Je serai vainqueur,
Ou *je mourrai pour ma patrie !*

Mais tandis qu'au pays lointain,
Raoul signale son courage;
Ivre de fureur et de rage,
Dans nos champs l'affreux Sarrasin
Sème la mort et le ravage.
Raoul arrive triomphant;
Sa voix terrible nous rallie,
Chacun le suit en s'écriant :
Il faut mourir pour la patrie!

Il s'abandonne à sa fureur,
Dans ses mains le glaive étincelle;
Il repousse au loin l'infidèle;
Mais un fer le frappe, ô douleur!
Le héros s'arrête et chancèle;
Couvert des ombres du trépas,
Il dit dit d'une voix attendrie :
Sur mon destin ne pleurez pas,
Amis, *je meurs pour la patrie!*

A M. NECKER,

Contrôleur général des finances, premier ministre de Louis XVI.

NECKER! tu sus choisir, tu sus servir ton roi;
Avec un esprit juste, avec un cœur sensible;
Tu réparas le mal que l'on fit avant toi;
Tu fis le bien que l'on crut impossible.

GARDONS-NOUS BIEN,

RONDE DE NUIT,

POUR LA GARDE NATIONALE PARISIENNE,

Chantée à l'académie impériale de musique, le 13 mars 1814.

PAR M. EMMANUEL DUPATY,

*Chevalier de l'ordre de la Réunion, officier de
la deuxième légion.*

AIR : *Du premier pas.*

GARDONS-NOUS bien !... que ce cri nous rallie !
Toi, dont l'honneur est le suprême bien,
Vois les fureurs d'une horde ennemie,
Et de son joug si tu crains l'infamie...
Garde-toi bien !

Garde-toi bien !... vois ces villes en cendre
Où le Tartare, hélas ! n'épargna rien !
De ces remparts qui n'ont pu se défendre,
Un cri d'horreur s'élève et fait entendre...
Garde-toi bien !

Garde-la bien cette ville immortelle,
Où t'enchaîna le plus tendre lien,
Près de ces murs où tu fais sentinelle,
Dorment un fils, une épouse fidèle !...
  Garde-les bien !

Garde-la bien, cette vierge timide
Qui doit un jour unir son cœur au tien !
Sa mère en vain lui servirait d'égide :
Arme ton bras, et du bras d'un perfide
  Garde-la bien !

Garde-la bien, cette reine chérie
Dont un héros t'a rendu le gardien :
L'honneur français, ton cœur et ta patrie,
Ton Dieu, ton roi, tout à la fois te crie :
  Garde-la bien !

Gardons-le bien, l'enfant dont la puissance
A nos enfans doit servir de soutien !
Repose en paix, noble espoir de la France !
Et nous, amis, dans l'ombre et le silence,
  Gardons-le bien !

LES COSAQUES,

OU

LES BRIGANDS DU NORD.

MARS 1814.

AIR : *Du réveil du peuple.*

QUE n'ai-je les accens d'un *Gracque* (1)
Pour exciter votre fureur !
Qu'au nom d'un ignoble Cosaque,
Tout Français frémisse d'horreur !
Quoi ! par eux, le sang et les larmes
Ont arrosé le sol des Francs !
Aux armes ! fils d'Hector, aux armes !
Du Nord écrasons les brigands !

Ces Cosaques demi-sauvages,
De l'humanité les fléaux,
Maigres, barbus, antropophages,
Ne sont couverts qué de lambeaux :
Toujours avides de rapines,
Ces tigres, ô ville d'Isis !

---

(1) On entend que l'auteur a voulu désigner *Tibérius* et
Caius Gracchus, célèbres tribuns du peuple romain, assassinés par la faction du sénat.

Pensent venir sur tes ruines
Fouiller les tombes de tes fils !

Bons habitans de nos campagnes !
Ces monstres sortis de l'enfer ,
Afin d'outrager vos compagnes,
Apportent la flamme et le fer :
Vos troupeaux sont en leur puissance ;
Vos vins , votre blé et votre or ;
Et de vos vierges l'innocence
N'a pu conserver son trésor.

Terre des Gaulois sois baignée
Du vil sang d'un peuple assassin !
Mais je crois te voir indignée
Le repousser hors de ton sein.
Qu'ils soient privés de sépulture ,
O France ! que de tes bourreaux
Les corps deviennent la pâture
Et des vautours et des corbeaux !

Tremble , lâche et perfide engeance
Dont le crime a marqué les pas !
La main du Dieu de la vengeance
Sonne l'heure de ton trépas.
Quoi ! par toi le sang et les larmes
Ont arrosé le sol des Francs !

Aux armes ! fils d'Hector, aux armes !
Du Nord écrasons les brigands !

Publié par AUBRY,
au palais de Justice.

~~~~~~

AUX AMIS

DE LA PATRIE ET DE LA GLOIRE;

Fragment d'une épître à l'empereur et à
l'armée;

PAR M. GONDEVILLE DE MONT-RICHÉ,

*Sous-chef au ministère de la guerre, lieutenant
de la garde nationale de Paris.*

CAMPAGNE DE FRANCE 1814.

LORSQUE Napoléon, sous les murs de Brienne,
Rehaussait notre gloire et couronnait la sienne;
Lorsque d'un seul coup-d'œil il osait à la fois
Défier, retarder, ou combattre dix rois;
Qu'abandonné, trahi, seul avec sa fortune,
Il triomphait encor pour la cause commune;
Inhabile aux combats je n'ai pu que chanter;

Mais hélas ! les accords de ma lyre civique
Ne sont point parvenus à l'oreille publique !
Muse , redis ces chants que j'aime à répéter ;
Ils ont calmé souvent mon cœur mélancolique...

« Tu disais , Albion ! celui dont le courroux
» Promettait ma dépouille à l'Europe charmée ;
» Cet enfant du destin en éprouve les coups ;
» Immortel , il survit à tant de renommée :
» L'épouvante et la mort ont frappé son armée.
» Dieu l'accable des maux qu'il appelait sur nous,
» Dieu voulait nous prouver par un revers terrible,
» Peuples ! que ce vainqueur n'était pas invincible.

» Un long crêpe de deuil voile ses étendards.
» Après que son audace , inconnue à l'histoire ,
» Osa porter son vol jusqu'au palais des Czars ;
» Il est vaincu ! le fruit de dix siècles de gloire
» Échappe à son orgueil trahi par la victoire ;
» Sur leur sol vierge encor, pressés de toutes parts,
» Ces Francs dont la valeur soumit l'Europe entière,
» Ne peuvent à l'Europe opposer de barrière.

» Les Français sont vaincus ! quel est donc leur vain-
» A qui Napoleon cède-t-il sa conquête ? [queur?
» Quel peuple a recueilli cet immortel honneur ?
» Sache que ce heros , dont la vengeance est prête,

» A l'abri des lauriers qui défendent sa tête,
» Peut braver les affronts attachés au malheur ;
» Sache que ses revers, dont s'applaudit ta haine ,
» Ne sont point les effets d'une puissance humaine.

» Cambyse, a qui l'Égypte a soumis ses autels ,
» Cambyse dont l'armée orgueilleuse, innombrable,
» Devait au joug persan asservir les mortels ,
» Éprouvant du destin un retour déplorable ,
» Vit ses soldats, frappés par des vagues de sable ,
» Expirer sans combats loin des champs paternels.
» Cambyse malheureux fut pleuré par l'histoire,
» Et ce ne fut qu'aux dieux qu'il céda la victoire.

» Vous comptiez nos revers, aveugles nations!
» Vous n'aviez pas prévu que la terre sacrée,
» Honteuse de porter vos viles légions ,
» Produirait sous vos pas une armée inspirée,
» Avide de vengeance et de gloire altérée ;
» Et qu'au jour du réveil , jour de punitions !
» Le sang féconderait ces plaines dévorantes
» Où doivent s'engloutir vos hordes expirantes.

» Quels désastres vont suivre un éclair de succès!
» Vous avez réveillé, retrempé les Français ;
» Ce peuple fraternel confondra vos oracles ;
» Ce peuple qu'enfanta la terre des miracles,

» Ne doit point recevoir , mais doit donner la paix,

» Vainqueur , c'est le lion qui pardonne l'injure ;

» Vaincu , c'est le lion qui venge sa blessure.

» Voyez-vous s'épaissir nos bataillons rivaux,

» Qu'arrache au soc oisif votre audace abusée ?

» Pour marcher contre vous , leur guide est vos dra-
    peaux !...

» Fils des Czars ! pense-tu que la France épuisée,

» Cède aux neveux du Scythe une victoire aisée ?

» Il n'est plus de Crassus pour des Parthes nouveaux,

» Et le berceau du brave , au signal de la guerre,

» Voit les héros armés s'élancer de la terre.

» Où sont-ils les Français qui demandent la paix

» Quand l'Europe envahit la France dévastée ?

» Quoique nés parmi nous ils ne sont point Français;

» S'il faut que par l'honneur la paix soit achetée;

» L'aigle qu'ose attaquer l'Europe épouvantée ,

» Doit repousser ses lois par de nouveaux succès;

» Le Scythe dans nos champs doit expier la gloire

» D'avoir pu nous ravir un feuillet de l'histoire.

» Aux armes, peuple-roi ! poursuis tes grands destins!

» *Brienne* et *Champ-Aubert* t'annoncent ces journées

» Qui doivent cimenter le repos des humains.

» Que n'ai-je , ô ma patrie ! en mes jeunes années

» Suivi du Champ-de-Mars les routes fortunées,
» Et contre un glaive utile échangé mes burins :
» Ou les Français vainqueurs m'offriraient l'héca-
        tombe,
» Ou des Français vaincus j'irais venger la tombe. »
Tel fut le chant d'espoir d'un citoyen Français.
Mais à peine ma lyre était-elle appendue
Qu'une invincible main, arrêtant nos succès,
Frappa d'un morne effroi la patrie éperdue.

De la haine insulaire, instrument détesté,
Toi qui vendis deux fois les secrets de ton maître ;
Tu n'échapperas point au châtiment du traître ;
Je te voue à l'horreur de la postérité.
Et toi qui, né du sein de la classe commune,
Qui, long-temps enfant pur de notre liberté,
De péril en péril marchas à la fortune,
Fuis les champs de Lyon par ton crime outragés !
Va traîner dans l'exil une vie importune,
Si déjà tes remords ne nous ont pas vengés.

Cependant le danger de la patrie en larmes
D'un transport belliqueux enflamma mes esprits ;
Je courus m'essayer aux fatigues des armes ;
Cent braves, sur mes pas, loin des murs de Paris ;
Osèrent affronter des phalanges guerrières,
Et leur sang généreux coula pour leur pays,
Le jour même où l'Europe à nos regards surpris,

Défiant de nos monts les cîmes meurtrières ;
Sous nos remparts vendus déploya ses bannières :
L'audace en ce danger me tint lieu de vertu ;
Poète, j'ai chanté, soldat, j'ai combattu.

Mais, que pouvait, hélas ! le désespoir des braves,
Lorsque la trahison préparait leurs revers ?
Cent mille bras armés reçurent des entraves !
Le soleil en plongeant au sein des vastes mers,
Nous vit libres encore..... il nous revit esclaves !!!

VERS

SUR LE RETOUR DE LOUIS-LE-DÉSIRÉ.

PAR M. DE LA CHABEAUSSIÈRE AINÉ,

ancien garde du corps de monseigneur le comte d'Artois.

MAI 1814.

Mars enfin a cessé d'exercer ses ravages :
Le front ceint d'olivier, la paix sur nos rivages
Nous promet le retour des jours purs et sereins :
Arimane s'enfuit, emportant les chagrins,
Oromaze revient, ramenant l'espérance,
Dans nos champs, avec lui, reparaît l'abondance;

Le monstre, sans pudeur, qui, farouche et pervers,
De son aspect impur effraya l'Univers,
Précipité d'un rang où le maintînt le crime,
Tombe et laisse le sceptre au maître légitime.
Un astre bienfaisant, fanal réparateur,
Fait briller sur la France un front consolateur.
Salut! jour de bonheur qui nous rend à la gloire!
Jour, dont on doit bénir à jamais la mémoire!
Jour où Louis parut pour finir nos malheurs,
Consoler nos revers, essuyer tous nos pleurs,
Nous montrer près de lui son auguste Antigone,
L'espoir, l'appui, l'honneur et l'ornement du trône,
Et des siens entouré ne plus laisser flétrir
Les lis sous les Bourbons pressés de refleurir.
Épanouissez-vous, cœurs purs, âmes sensibles!
Vos élans comprimés redeviennent possibles.
Après tant de combats, de périls et de maux,
Voyez du vrai bonheur se r'ouvrir les canaux.
Riez, jeunes bergers! dansez, jeunes bergères!
Vous qu'on rend à l'hymen, vous qu'on rend à vos mères.
Oh! que ma faible voix ne peut-elle en ce jour
Exhaler dans mes chants les feux d'un saint amour!
Et ma lyre, long-temps oisive et détendue,
Retrouver la chaleur qu'elle a trop tôt perdue!
Comme j'aurais chanté le plus aimé des rois!
Son courage éprouvé, ses malheurs et ses droits!
J'aurais osé le dire, égalant Henri quatre,

Moins vert galant, peut-être, et moins prompt à se
       battre,
Mais aussi sûr du moins de conquérir les cœurs,
Imprimant à ses lois le cachet de ses mœurs;
Fidèle observateur des volontés d'un frère,
Clément au repentir, mais à sa foi, sévère,
Et par l'ascendant seul de sa haute vertu
Sugjuguant jusqu'à ceux qui l'auraient combattu.
Quel sujet pour les vers! quel tableau pour l'histoire!
Jeunes amis des arts qui recherchez la gloire,
Saisissez vos pinceaux et peignez, d'après lui,
Un roi que Titus même envîrait aujourd'hui.
Nous, ses contemporains, pour qui la destinée
Va filer des beaux jours la trame fortunée,
Connaissons et goûtons le prix d'un tel bienfait :
Remercions les cieux du don qu'ils nous ont fait;
Pensons qu'aux droits sacrés qu'il tient de sa naissance,
Il joint tous ceux qu'il a sur la reconnaissance;
Que notre bonheur seul l'occupe tout entier;
Qu'il y songeait alors qu'on semblait l'oublier;
Qu'il s'immolait lui-même à l'unique pensée
De rendre à son pays sa grandeur éclipsée,
Et qu'enfin tout l'amour qu'on pourra lui porter
N'atteindra pas celui qu'il a su mériter.

ENVOI

Des vers précédens à chacun des membres
de la famille royale.

A MONSIEUR , COMTE D'ARTOIS.

Vous, qu'après les horreurs de nos longues tempêtes
Nous vîmes le premier accueillir nos transports;
Et précurseur chéri de Louis sur nos bords ,
De la candeur des lis redécorer nos têtes !
Vous avez partagé nos regrets et nos pleurs:
Agréez donc les vœux d'un vétéran fidèle ,
Qui jadis s'honora de porter vos couleurs ;
De l'héroïsme affable intéressant modèle ,
Qu'il nous fut cher ce mot qui consola nos cœurs !
C'est un Français de plus qui reparaît en France :
Mais quels droits obtenait à la reconnaissance
Un des fils de nos rois , un Français tel que vous ,
Qui seul par son retour les régénérait tous !

A S. A. R. Mgr. LE DUC D'ANGOULÊME.

Du trône des Bourbons autre espoir légitime !
Des qualités d'un père héritier magnanime !
A notre amour aussi vous avez bien des droits,
Vous joignez aux vertus du plus juste des rois

Celle qui garantit la splendeur de la France ：
Louis obtint la paix et la fera fleurir ;
Mais ce que sa sagesse a su reconquérir
Est sûr d'avoir en vous l'appui de la vaillance.

A S. A. R. MADAME , DUCHESSE D'ANGOULÈME.

Des malheurs de Louis consolatrice auguste,
Que partout avec lui suivent toujours nos vœux !
Daignez en accueillir le tribut le plus juste.
Tant qu'il existera des Français vertueux
Votre doux souvenir sera sacré pour eux.
Comme il s'ennoblirait mon libre et pur hommage,
Si plus digne à mon roi d'être offert aujourd'hui ,
Sûr de votre suffrage et fier de votre appui ,
Empruntant vos accens pour parer mon langage ,
Par une voix si chère il arrivait à lui.

A S. A. R. Mgr. LE DUC DE BERRY.

Vous avez d'un Bourbon l'auguste caractère ,
Vous serez des Français un fanal précieux ;
Et du panache blanc noble dépositaire ,
Vous guiderez leurs pas et fixerez leurs yeux ;
Mais les lis replantés après longue souffrance ,
Exigeront peut-être un soin particulier ;
Et c'est vous qui devez , sur le sol de la France ,
Les soigner , les défendre et les multiplier.

VIVE LE ROI !

PAR M. LE CHEVALIER ALISSAN DE CHAZET.

AIR : *Du premier pas.*

VIVE le roi ! ce cri qui nous rallie
Aux méchans seuls inspire de l'effroi ;
Ce cri charmant partout se multiplie,
Si bien qu'en chœur toute la France crie :
   Vive le roi !   (*bis.*)

Vive le roi !... dans les champs de Marsailles ,
De Landrecy , de Mons , de Fontenoy ,
Quel est le cri qui forçait les murailles ?
Quel est le cri qui gagnait les batailles ?
   Vive le roi !

Vive le roi ! dit avec énergie
A ses geoliers le noble *Durosoi ;*
Il meurt le jour d'une fête chérie
Et crie encor , près de quitter la vie (1) :
   Vive le roi !

(1) On sait que Durosoi, qui a péri pour la cause du trône, le 25 août 1793, a dit en mourant : « Un royaliste comme moi devait mourir le jour de la Saint-Louis... Vive le roi ! »

Vive le roi , qui bornant sa puissance ,
Rend chacun libre et s'enchaîne à la loi !
Vive le roi , modèle de clémence !
Vive le roi , le père de la France !
           Vive le roi !

Vive le roi , digne du diadème
Qui rend nos cœurs garans de notre foi !
Vive le roi , dont le bonheur suprême
Est d'être aimé de son peuple qu'il aime !
           Vive le roi !

Vive le roi , dont la vaste science
Des souvenirs fait un heureux emploi !
Tout est présent à sa mémoire immense ;
Il n'a jamais oublié... que l'offense.
           Vive le roi !

Vive le roi.... de sa blanche bannière
L'éclat sans tache a calmé notre effroi :
Après vingt ans , l'Europe toute entière
Nous dit , au lieu du cri : vive la guerre !
           Vive le roi !

Vive le roi ! ce refrein-là m'inspire ,
Et mes couplets sont trop nombreux , je crois :
Non , sur ce point je brave la satire ;
Un bon Français ne peut jamais trop dire :
           Vive le roi !

LA FÊTE DU ROI.

Par M. ARMAND-GOUFFÉ.

Air : *De la cavatine* (du Bouffe et le Tailleur).

Déployant nos antiques
  Couleurs ,
Préparons des cantiques ,
  Des fleurs.
Aux refreins ce jour prête
  Ma foi !...
Allons , gai ! c'est la fête
  Du roi !

Quel doux transport anime
  Nos voix !
Quel accord unanime
  Je vois !...
Chez nous chacun s'apprête...
  Pourquoi ?
Notre fête est la fête
  Du roi !

Des harpes gracieuses
  Les sons ,

S'unissant aux joyeuses
    Chansons ,
Remplacent l'anarchique
    Beffroi :
Oh ! c'est bien la musique
    Du roi !

Conduits par la vengeance
    Chez nous ,
Vingt peuples, de la France,
    Jaloux ,
En tous lieux faisaient naître
    L'effroi ,
Lorsque l'on vit paraître
    Le roi.

L'ange affreux du carnage
    S'enfuit ;
Un ciel exempt d'orage
    Nous luit....
Est-ce un rêve, un prestige?
    Eh quoi !
Qui fait donc ce prodige ?
    Le roi.

Il désarme , il conjure
    Vingt rois ;

Il maintient, il assure

Nos droits....

C'est nous dicter, j'espère,

La loi

De chérir comme un père

Le roi.

Veille avec complaisance

Sur lui,

Dieu! qui sers à la France

D'appui!

Que ce vœu pur arrive

Vers toi!

Oui, vive à jamais, vive

Le roi!

VERS

Trouvés à Trianon sous le saule pleureur.

Dans ces champêtres lieux, à mon âme étonnée,

Tous les biens s'offrent à la fois;

Les fleurs dont la terrre est jonchée

Semblent de mes regards se disputer le choix.

D'un frais ruisseau l'onde azurée

A mes pieds coule lentement;

Jamais, par l'impétueux vent,
Sa surface ne fut ridée ;
Zéphir sans la troubler l'agite mollement;
Par le feuillage épais ma tête couronnée
Brave les feux du dieu du jour.
Sur un léger rameau la vive Philomèle,
Modulant un hymne à l'amour,
Fixe son amant auprès d'elle ;
Et la plaintive tourterelle
Du sien demande le retour.
Au charme heureux de la nature,
Quel mortel n'a jamais abandonné son cœur,
Et mêlé les attraits de la volupté pure
Au sentiment de la douleur?
L'aspect de ce saule pleureur
Guide mes pas vers une grotte obscure.
Qu'entends-je ?... une tremblante voix
Dit ces mots que l'écho répète :
« C'était ici que l'aimable Antoinette,
» De la simplicité suivant les douces lois ,
» Venait se délasser du poids de l'étiquette ,
» A laquelle le sort a condamné les rois ;
» Pour sceptre ayant une houlette ,
» Pour sujets quelques vrais amis,
» Pour couronne une violette ,
» Pour royaume des cœurs soumis :
» De la France idole chérie ,

» Elle régnait par des bienfaits ;
» Lorsqu'une cabale ennemie ,
» Contre elle armant la calomnie ,
» Fit dans le cœur de ses sujets
» Succéder à l'amour la haine et les forfaits. »
  La voix se tait... un long murmure
  Se prolonge au loin dans les airs.

DÉVISE DES FRANÇAIS,

COUPLETS

Chantés à Tivoli , au repas donné à MM. les gardes du corps , par MM. les gardes nationaux , le 18 juillet 1814.

Musique de M. VAILLANT , *de l'académie royale de musique ;*

Paroles de M. DÉSAUGIERS.

Lorsqu'après tant de maux,
Après tant de souffrance ,
Le ciel rend à la France
Louis et le repos ;
Est-il plus bel emploi ,
Est-il devoir plus tendre

Que celui de défendre
Sa patrie et son roi ?

Vous brillerez encor
Pour ma belle patrie,
Jours de chevalerie
Surnommés l'âge-d'or;
Où, plein d'un doux émoi,
Plein d'une noble flamme,
On vivait pour sa dame,
On mourait pour son roi !

Nous respirons en paix,
Et le deuil et la guerre
Couvrait encor naguère
Nos fronts d'un voile épais.
Qu'un si cruel effroi,
Qu'une si longue peine
Désormais nous apprenne
A garder notre roi!

Français! réunissons
Nos cœurs, nos mains, nos verres;
Confondons nos prières,
Confondons nos chansons,
Et buvez avec moi
Au terme de la guerre;
Au bonheur de la terre,
A la santé du roi.

COUPLET DU MÊME.

AIR : *Mon galoubet.*

Vive le roi !
Et périsse à jamais l'impie
Qui voudrait renverser sa loi ;
Pour l'écraser que la patrie
Se lève, s'arme, marche et crie :
Vive le roi !

DIEU, MA DAME ET MON ROI !

OU

LE VOEU D'UN GARDE NATIONAL.

Paroles et musique de M. LE CHEVALIER PIIS.

En avant ! le ciel me contemple
Et d'*Artois* est mon colonel :
Sur ses pas je vais jusqu'au temple
Adorer d'abord l'Éternel ;
Providence ! après tant d'alarmes ,
Te bénir est ma douce lui.

Je voudrais rester sous les armes
Pour *mon Dieu , ma dame et mon roi.*

Recevez mon second hommage ,
Sexe aimable, humain , courageux !
Qu'on a vu souvent le plus sage
Dans le cours des temps orageux !
Vos vertus augmentent vos charmes ;
Vous chérir est ma douce loi.
Je voudrais rester sous les armes
Pour *mon Dieu , ma dame et mon roi.*

Est-il donc un trésor qui vaille
Ce beau lis fixé sur mon cœur !
Par ce signe un jour de bataille ,
O Bourbons ! je serai vainqueur.
Mais la paix sèche enfin nos larmes ;
Vous servir est ma douce loi.
Je voudrais rester sous les armes
Pour *mon Dieu , ma dame et mon roi.*

LE *GOD SAVE THE KING*
DES FRANÇAIS.

PAR LE MÊME.

Des Bourbons généreux ,
Le retour en ces lieux ,

Comble nos vœux,
Avec eux et par eux,
Ainsi que nos aïeux,
Soyons heureux !
Nos yeux sont éblouis,
Nos maux évanouis,
Nos cœurs épanouis,
Vive Louis !

Fils de Henri-le-Grand,
Sur nous, du haut du rang
Que Dieu te rend,
Jette un regard clément,
Et reçois le serment
Du sentiment !
Vois tes jours embellis,
Tes ordres accomplis,
A jamais rétablis !
Vivent les lis!

La paix calme les airs,
Et la terre et les mers ;
Plus de revers !
Les cieux sont entr'ouverts
Aux fraternels concerts
De l'Univers,

Les peuples dont les lois
Garantissent les droits,
Chantent tous d'une voix :
Vivent les rois!

~~~~~~~~~~~~~~~~~~~~~~~~~~~~~~~~

INVITATION AUX BRAVES.

Par M. BRIFFAUT,

Auteur de *Rosamonde*, de *Ninus II*, et de *Jeanne Gray.*

Allez, nobles fils de la gloire ,
Au-devant du fils de Henri !
Portez-lui l'étendard chéri
Des Bourbons et de la victoire !
Il revient, ce monarque exilé de son trône,
Comme un autre OEdipe appuyé
Sur le bras d'une autre Antigone.
Sous le poids du malheur son front n'a point ployé ;
Sa voix bénit , son cœur pardonne ;
Hors son amour il a tout oublié.
Revoyant sa patrie, autrefois si prospère ,
De ses yeux quels pleurs vont couler
A l'aspect de notre misère !
Mes enfans , dira-t-il , fiers de nous rassembler ,

Respirez tous au sein d'un père !
Le ciel vous affligea , je viens vous consoler.
Allez , nobles fils de la gloire
Au-devant du fils de Henri !
Portez-lui l'étendard chéri
Des Bourbons et de la victoire !

~~~~~~~~~~~~~~~~~~~~~~~~~~~~

LA RENAISSANCE DES LIS.

Par M. le chevalier JACQUELIN.

Tout s'embellit dans la nature ;
Le doux printemps est de retour :
De la France heureuse parure ,
Lis , renaissez à votre tour !
Long-temps battus et courbés par l'orage ;
Brillez à nos yeux satisfaits ;
Tel le soleil, en sortant d'un nuage,
Nous fait mieux sentir ses bienfaits.

De votre tige renaissante
Tous les Français sont réjouis ;
Votre blancheur éblouissante
Nous peint bien l'âme de Louis.
Votre calice à nos désirs s'entr'ouvre
Et répand vos parfums naissans,

C'est notre roi qui reparaît au Louvre,
  Ouvrant son cœur à ses enfans.

  Lis, que le respect environne,
  Symbole de la majesté,
  De Louis ornez la couronne,
  Parez le front de la beauté !
Fleurs d'innocence, ah ! devenez l'emblême
  Des Français galans troubadours ;
Embellissez l'éclat du diadême
  Et servez d'aigrette aux amours !

* * *

STANCES

Adressées à S. A. R. Mgr. le duc de Berry,
par la bouche du magicien de Tivoli.

Faites par MILLEVOYE.

AIMABLE dans la paix, vaillant s'il faut combattre,
Tu seras surnommé le prince des soldats ;
La victoire suivra l'héritier d'Henri quatre :
« Cet oracle est plus sûr que celui de Calchas. »

Ton père, des Français la seconde espérance,
T'alarmait pour ses jours, ses jours nous sont rendus ;

Dieu gardera long-temps à notre belle France
  Un bon prince , *un Français de plus* (1).

Comme lui désormais, comme son noble frère ,
  Parmi nous tu seras chéri ,
Tant qu'à nos chevaliers la gloire sera chère ,
Tant qu'on répétera la chanson de Henri.

L'olive en main , la paix consolera la terre :
  Mais si l'étranger, toutefois ,
Venait à réveiller le lion de la guerre ,
Appelle tes soldats , ils vaincront sous tes lois.

Prince, compte sur eux , compte sur leur épée !
Des ligueurs renaissans quels que soient les projets ,
  Leur attente sera trompée.
Le bouclier des rois c'est le cœur des sujets.

Tel est l'arrêt du sort dont je suis l'interprête.
Généreux prince , amour du peuple et du guerrier !
  Tu peux m'en croire, ma baguette
  Est une branche de laurier.

---

(1) On sait que MONSIEUR, en rentrant en France, dit:
Que rien n'était changé ,qu'il voyait seulement *un Français
de plus.*

COUPLET

Chanté dans une réunion de gardes nationaux de la quatrième légion

AIR : *De la sentinelle.*

TRÔNE des lis, ne crains plus les hasards !
Sur notre amour repose ton empire ;
Les citoyens, les favoris de Mars,
A ta défense un peuple entier conspire :
    Ton monarque, par ses vertus,
    Éteint les foudres de la guerre,
    Ferme le temple de Janus,
    Et te rend l'amour de la terre.

PAR M. DE BUSNE,
Chef du bureau du Musée royal.

VERS

Pour être mis au bas d'une estampe représentant VOLTAIRE couronné par les comédiens français et italiens.

COURONNÉ par Pierrot, Carlin et la Folie,
C'est bien ! Mais voir tes os au Panthéon placés ;
Près d'un monstre qui dut avoir les siens cassés ;
Voltaire, ah ! c'est un tour que te fait la patrie.

CANTATE

En l'honneur de S. M. Louis XVIII, adressée à S. A. R. Monsieur, lieutenant général du royaume ;

Par M. DUPUY-DES-ISLETS,

Ancien major de cavalerie , sous le roi , et chevalier de St.-Louis,

Quel beau jour se dévoile à nos yeux éblouis !
Quel astre bienfaisant vient consoler la terre ?
Alexandre a fermé les portes de la guerre
Et l'olive à la main nous ramène Louis.

Toi, qui dans ton exil, ne rêvant qu'à la France,
Vers le ciel elevais et ton cœur et ta voix ;
O Louis ! notre amour, notre unique espérance,
Viens rajeunir pour nous le sceptre des bons rois !

Guerriers, chefs et soldats ! dont l'immortel courage
Éclatait au travers de nos plus noirs cyprès ;
Français, dont les Bourbons, même au sein de l'orage,
Proclamaient les exploits avec un cœur français,

Que, plus brillante encor, votre valeur sans tache
Se consacre aux vertus d'un monarque chéri :
Héros ! que serez-vous lorsque du grand Henri
  Vous porterez le blanc panache ?

  Le printemps, ami des Bourbons,
  Sur son char dévance les traces;
  Il ordonne à la main des grâces
  De tresser des lis pour nos fronts.

  Parons-nous tous de cette fleur royale
  Qui décorait les Bayards les Nemours,
  Et joignons-y l'écharpe virginale,
  Signal de gloire et présent des amours!

Chantons Louis, chantons d'Artois et sa famille !
Du dernier de nos rois chantons l'auguste fille !
  Thérèse, touchante beauté,
Qu'un doux hymen encore enchaîne à la couronne,
Et que le ciel forma pour embellir le trône
  Et de grâce, et de majesté.

Prince anglais, qui veillas à l'espoir de la France,
Jouis de son bonheur ! il est ta récompense:
Vivent *François*, *Guillaume*, et tous les souverains
Dont l'amitié fidèle affermit nos destins !
Célébrons *Wellington* et le noble *Alexandre*!
Français, n'oubliez pas qu'à vos toits réjouis,
  Leur essaim guerrier vient de rendre
  La paix, le bonheur, et Louis.

MON PAYS AVANT TOUT,

CHANSON FAITE PAR UN FRANÇAIS.

AIR : *Mes chers amis, laissez-moi mon erreur.*

Qu'on soit né sur les bords du Tage,
Qu'on soit de Vienne ou de Paris,
Mortels, répétons cet adage !
Il faut être de son pays.
L'homme chérit le lieu de sa naissance :
Moi, mes amis, je cherche en vain partout ;
Je ne vois rien de si beau que la France :
Je suis Français, mon pays avant tout.

Que l'on me vante l'Ibérie,
L'Amérique et ses habitans ;
Qu'on me dise que l'Italie
Jouit d'un éternel printemps.
Tous ces pays sont fort bons à connaître ;
Mais moi, je veux, par raison et par goût ;
Vivre et mourir aux lieux qui m'ont vu naître.
Je suis Français, mon pays avant tout.

Que chez nous, des modes anglaises,
Un fat se montre curieux ;
Ce que firent des mains françaises
A bien plus de prix à mes yeux.

T. II.   15

Gardez, messieurs, vos perkales, vos frises ;
Paris me vend mes bas et mon surtout,
Louviers mes draps, et Rouen mes chemises :
Je suis Français, mon pays avant tout.

Que dédaignant les vins de France,
Mondor serve, un jour de gala,
Alicante, Porto, Constance,
Tokay, Madère et Malaga ;
Fi de ces vins de Hongrie ou d'Espagne !
Du vin amer qu'on baptise Vermou,
A moi Bourgogne, et Bordeaux et Champagne !
Je suis Français, mon pays avant tout.

Que, par une étrange manie,
Il soit d'insensés détracteurs,
Qui, nous refusant le génie,
Étrangers ! vantent tes auteurs,
En Italie ainsi qu'en Angleterre
Les écrivains sont tous de fort bon goût ;
Mais je préfère et Racine et Voltaire :
Je suis Français, mon pays avant tout.

Pour la beauté la moins sévère
Aisément je change d'avis,
Et j'en conviens : je voudrais plaire
Aux belles de tous les pays ;

Mais j'aime un jour les Russes, les Anglaises,
Passé ce temps ma constance est à bout :
Et tour-à-tour j'adore les Françaises:
Je suis Français, mon pays avant tout.

Qu'un poète, vendant sa lyre,
Chante les Russes, les Anglais ;
Animé d'un noble délire,
Je ne chante que les Français.
Que n'ai-je, hélas! pour célébrer leur gloire,
Les dons heureux du génie et du goût!
Je graverais au temple de mémoire :
Je suis Français, mon pays avant tout.

LE MARQUIS DE CARABAS.

Par M. P.-J. de BÉRANGER.

Air : *Du roi Dogobert.*

Voyez-vous ce marquis
Nous traitant de peuple conquis?
Son coursier décharné
Clopin-clopant l'a ramené.
Vers son vieux castel
Ce noble mortel,

Marche en brandissant
Un sabre innocent.
     Chapeau bas !   (*bis.*)
Gloire au marquis de Carabas.

A moi, mes châtelains;
Vassaux, chassez—moi ces vilains !
C'est moi, dit-il, c'est moi,
Qui seul ai ramené le roi :
Mais s'il ne me rend
Les droits de mon rang ;
Avec moi, morbleu !
Il verra beau jeu :
     Chapeau bas !   (*bis.*)
Gloire au marquis de Carabas.

Qui me résisterait ?
La marquise a le tabouret :
Pour être évêque un jour,
Mon dernier fils suivra la cour.
Mon fils le baron,
Quoiqu'un peu poltron,
Veut avoir des croix,
Il en aura trois.
     Chapeau bas !   (*bis.*)
Gloire au marquis de Carabas.

Vivons donc en repos !
Mais si l'on nous parle d'impôts ;
Ici-bas pour son bien
Un gentilhomme ne doit rien.
Grâce à mes créneaux,
A mes arsenaux,
Je puis au préfet
Dire tout son fait.
      Chapeau bas !   (*bis*.)
Gloire au marquis de Carabas.

Pour nous calomnier
Je sais qu'on parle d'un meunier ;
Ma famille eut pour chef
Un des fils de *Pépin-le-Bref*.
D'après mon blason,
Je crois ma maison
Plus noble, ma foi,
Que celle du roi.
      Chapeau bas!   (*bis.*)
Gloire au marquis de Carabas.

Curé, fais ton devoir !
Remplis pour moi ton encensoir !
Vous, pages et valets,
Guerre aux *vilains*, aux *rosselets!*
Que de mes aïeux
Les droits glorieux,

Passent tout entiers
A mes heritiers !
    Chapeau bas !   (*bis.*)
Gloire au marquis de Carabas.

Piêtres que nous vengeons,
Levez la dîme et partageons!
Et toi, peuple animal,
Porte encor le bât féodal!
Seuls nous chasserons,
Et tous vos tendrons
Subiront l'honneur
Du droit du seigneur.
    Chapeau bas !   (*bis.*)
Gloire au marquis de Carabas.

LE VIEUX MÉNÉTRIER,
ALLÉGORIE PASTORALE.
PAR LE MÊME.

Air : *Lonlanla landerirette.*

Je ne suis qu'un vieux bon-homme,
Ménétrier du hameau ;
Mais pour sage on me renomme,
Et je bois mon vin sans eau.

Autour de moi sous l'ombrage
Accourez vous délasser !
Eh lonlanla ! gens du village !
Sous mon vieux chêne il faut danser.

Oui, dansez sous mon vieux chêne !
C'est l'arbre du cabaret.
Au bon temps toujours la haine
Sous ses rameaux expirait :
Combien de fois son feuillage
Vit nos aïeux s'embrasser !
Eh lonlanla ! etc.

Du château plaignez le maître,
Quoi qu'il soit votre seigneur;
Il doit du calme champêtre
Vous envier le bonheur.
Triste au fond d'un équipage,
Quand là bas il va passer;
Eh lonlanla ! etc.

Loin de maudire à l'église
Celui qui vit sans curé,
Priez que Dieu fertilise
Son grain, sa vigne et son pré !
Au plaisir s'il rend hommage,
Qu'il vienne ici l'encenser !
Eh lonlanla ! etc.

Quand d'une faible charmille
Votre héritage est fermé,
Ne portez plus la faucille
Au champ qu'un autre a semé ;
Mais sûrs que cet héritage
A vos fils devra passer,
Eh lonlanla ! etc.

Quand la paix répand son baume
Sur les maux qu'on endura,
N'exilez point de son chaume,
L'aveugle qui s'égara.
Rappelant après l'orage
Ceux qu'il a pu disperser,
Eh lonlanla! etc.

Écoutez donc le bon-homme,
Sous son chêne accourez tous !
De pardonner je vous somme :
Mes enfans , embrassez-vous !
Pour voir ainsi d'âge en âge,
Chez nous la paix se fixer,
Eh lonlanla ! gens de village !
Sous mon vieux chêne il faut danser.

STROPHES

D'une ode publiée à l'occasion du retour
de Napoléon.

Par M. LAURENCEAU,

Chef de bureau à la préfecture du département,

mars 1815.

Un an s'est écoulé depuis qu'un saint délire
Ne fait plus résonner les cordes de la lyre ;
Nous avions oublié le langage des dieux.
Tels les fils de Sion, sur une terre ingrate ;
    Aux saules de l'Euphrate
Suspendaient sans honneur leurs luths silencieux.

O ! si d'un feu nouveau le dieu de l'harmonie ;
En faveur de mon zèle échauffant mon génie,
M'ouvrait de l'Hélicon les sublimes trésors ;
Je franchirais ces monts connus des seuls Orphées,
    Où les savantes fées
De leurs chastes amans accueillent les transports.

Je dirais quelle ivresse exalte tes provinces,
Terre de liberté ! quand le plus grand des princes
Vient ressaisir le trône où l'ont placé nos vœux.

Chêne battu des vents au fort de la tempête,
        Il n'a courbé sa tête
Que pour lever plus fier son front majestueux.

Napoléon paraît, les discordes civiles
Exhalent en fuyant leur clameurs inutiles,
L'anarchie aux enfers se replonge à sa voix;
Les factions sans frein à ses pieds étouffées,
        En mordant ses trophées,
Rugissent d'expirer sous le sceptre des lois.

Rois qui, dans les accès d'un coupable délire,
Troublâtes tant de fois la paix de son empire;
Quel poids de sa vengeance avez-vous ressenti?
Si la soif de détruire eut guidé ses colonnes;
        De vos antiques trônes
Jusqu'au Wolga tremblant la chute eût retenti.

Ne l'avez-vous pas vu renversant les barrières
Qu'opposaient à son bras vos phalanges guerrières,
Décider en un jour du sort de vos états?
Vous frémissez encor lacs de la Moravie!
        Et de morts assouvie,
Wagram à peine a bu le sang de vos soldats.

Dans vos murs dévastés si tant de funérailles
Ont lassé les fureurs du démon des batailles;
En accuserez-vous le monarque français?

Vous forciez sa valeur à reprendre les armes,
    Et du champ des alarmes
Il vous tendait encor l'olivier de la paix.

Heureux que les déserts, voisins du char de l'Ourse,
Par des remparts de glace aient arrêtés sa course!
Vous alliez voir du nord crouler les fondemens ;
Il vous fallait l'appui de la nature entière;
    Et notre ardeur guerrière
N'a dans ce choc affreux cédé qu'aux élémens.

Sur nos débris sanglans la muse de l'histoire
Gravant des faits du siècle ou la honte ou la gloire,
Dira qu'il fut vainqueur et qu'il sut pardonner.
Et vous, lorsque du sort la rigueur trop commune
    Incline sa fortune,
Vous le craignez assez pour l'oser détrôner.

De lâches Philistins dégradant nos milices,
Reprochent aux guerriers leurs vieilles cicatrices ;
Outragent la valeur, et Samson terrassé,
Mais trop tôt du pouvoir ils ont goûté l'amorce :
    Samson reprend sa force,
Il a levé son bras..... et leur règne a cessé.

Tu revois le héros qui fonda ta puissance ;
France, réveille-toi brillante d'espérance !
Parmi les nations reprend ta dignité;

Et de ton sein plus pur rejette ces esclaves
Qui sur le champ des braves
Souffraient la sécheresse et la stérilité.

J'ai percé l'avenir ; déjà l'illustre épouse
Du fleuve hospitalier quitte l'onde jalouse,
S'avance et fend les flots d'un peuple adorateur ;
Tandis que de ses dons chargés encor, les traîtres
Qui livrèrent leurs maîtres
Vont, loin de ses regards cacher leur déshonneur.

Au bord de l'Orient ainsi l'aurore étale
Son manteau de rubis et sa robe d'opale,
Quand sa main vient ouvrir la porte au dieu du jour.
Les oiseaux rassemblés sur les branches nouvelles,
En agitant leurs ailes,
Par des concerts rivaux célèbrent son retour.

La déité voguant sur son char de lumière
Rend aux champs émaillés leur pompe printanière ;
Son rayon fait pâlir les astres de la nuit ;
Et, des spectres hideux, des fantômes funèbres,
Vils enfans des ténèbres,
L'impur essaim loin d'elle ou se cache ou s'enfuit.

Peuple, dépose enfin le deuil des jours sinistres ;
Ton prince à ses conseils appelle des ministres

Dont la publique estime a consacré le choix.
Le mensonge flatteur fuit leur bouche ingénue,
    Et la vérité nue,
La vérité terrible, ils l'osent dire aux rois.

~~~~~~~~~~~~~~~~~~~~~~~~~~~~~~~~~~~~~~

RONDE MILITAIRE

Adressée à la garde impériale, par la garde nationale de Paris, au banquet du 18 avril 1815.

Paroles de M. ÉTIENNE,
Membre de l'institut et de la légion d'honneur.

Musique de M. NICOLO.

GUERRIERS chers à la France,
Vous voilà revenus !
Mes amis, plus d'absence :
Ah ! ne nous quittons plus!

PREMIER GARDE NATIONAL.

Pour prix de votre gloire,
On vous avait bannis ;
Le fils de la victoire
Vous ramène à Paris.

Vos indignes entraves
Se brisent à sa voix ;
Avec lui tous les braves
Ont reconquis leurs droits.
Guerriers, etc.

DEUXIÈME GARDE NATIONAL.

Le peuple avec l'armée
Est uni pour jamais :
Nos enfans l'ont formée,
Tout soldat est Français.
Un seul cri nous rallie,
Et le jour du combat
Pour sauver la patrie
Tout Français est soldat.
Guerriers, etc.

TROISIÈME GARDE NATIONAL.

C'est notre indépendance
Qu'on menace aujourd'hui ;
Si l'étranger s'avance
Armons-nous contre lui !
Pour nous donner des maîtres
Ses efforts seraient vains ;
Nous n'avons plus de traîtres
Qui servent ses desseins.
Guerriers, etc.

QUATRIÈME GARDE NATIONAL.

Sauvons notre patrie
Que l'on ose outrager ,
Cette France chérie
Qu'on voudrait partager !
Jurons sur notre glaive
De conquérir la paix !
Que tout Français se lève ,
S'il veut rester Français !

CHOEUR.

Jurons sur notre glaive
De conquérir la paix !
Que tout Français se lève ,
S'il veut rester Français !

LES LANCIERS POLONAIS ,

HOMMAGE AUX BRAVES

Qui se sont illustrés en combattant sous
les drapeaux français.

Air : *Ce magistrat irréprochable.*

Dans la froide Scandinavie ,
Du héros retentit le nom ;

Soudain la Pologne asservie
Se lève pour Napoléon.
Il avait brisé les entraves
De ce peuple ami des Français ;
Et la France, au rang de ses braves,
Compta les lanciers polonais.

Sans regret quittant leur patrie,
Pour Napoléon ces guerriers
Vont jusqu'aux champs de l'Ibérie,
Cueillir des moissons de lauriers.
Partout où l'honneur les appelle
Ils volent tenter des hauts faits ;
Et partout la gloire est fidelle
Aux braves lanciers polonais.

Quand la fortune trop volage,
Quand la plus noire trahison
Ensemble ont trahi le courage
De notre grand Napoléon ;
Il fit, en déposant les armes,
De touchans adieux aux Français,
Et l'on vit répandre des larmes
Aux braves lanciers polonais.

Napoléon, l'âme attendrie,
Leur dit, en ces tristes momens,
Retournez dans votre patrie !
Adieu ! je vous rends vos sermens.

Il croyait, dans son triste asile,
N'être suivi que des Français;
Mais il retrouva dans son île
Encor des lanciers polonais.

O vous qu'à nos belles journées
La gloire a fait participer !
Polonais, de vos destinées,
Le ciel doit enfin s'occuper :
Mais fussiez-vous dans les alarmes;
Amis ! nous n'oublierons jamais
Que nous eûmes pour frères d'armes
Les braves lanciers polonais.

PAR PRADEL, *vieux soldat.*

LE CHAMP-DE-MAI.

AIR : *Du premier pas.*

Au Champ-de-Mai,
Le bonheur de la France,
En ce beau jour est enfin proclamé.
La liberté, la paix et l'abondance;
Voilà nos vœux, notre unique espérance
Au Champ-de-Mai.

Au Champ-de-Mai
Toute la France entière,
Dans le héros , par nous légitimé ;
A reconnu son souverain, son père ,
L'égalité , la liberté prospère ,
Au Champ-de-Mai.

Au Champ-de-Mai ,
Souverains de la terre ,
Contemplez bien tout un peuple animé!...
Si vous voulez nous déclarer la guerre ,
Regardez-nous , Prusse , Autriche , Angleterre !
Au Champ-de-Mai.

PAR M. C***.

Imprimé chez BAUDOIN , *au Marché-Neuf.*

CHATEAU-BRILLANT.

AIR : *Je loge au quatrième étage.*

Un sage habitait la chaumière
Où jadis vivaient ses aïeux ;
Près de ce réduit solitaire,
S'élevait un château pompeux.
Ami de la simple nature
Ce sage répétait souvent :

J'aime les bois et la verdure ,
Mais je hais ce *Château-Brillant.*

Chercher les honneurs par l'intrigue ,
De la raison fuyant la loi ;
Crier un jour vive la ligue !
Le lendemain vive le roi !
Sans y croire , vanter l'église ,
Tourner toujours au gré du vent :
Ce fut , c'est encor la devise
Des hommes à *Château-Brillant.*

Possédant un riche apanage ,
Quoi Français ! les hommes auront
Le droit d'arracher au courage
Les lauriers qui ceignent son front !
Oui : car dans le siècle où nous sommes,
Pour prouver qu'un prince vaillant
N'était que le dernier des hommes ,
Il ne faut qu'un *Château-Brillant.*

PAR M. DAUPHIN.

CHANT FUNÈBRE

En l'honneur des braves morts à la bataille
de Mont—Saint—Jean.

L'AIR au loin répétait l'hymne de la victoire ;
Pour la seconde fois les enfans de la gloire ,
    Dans les champs de Fleurus ,
Venaient d'humilier la superbe espérance·
Des guerriers étrangers , aux rives de la France ;
    A grands flots accourus.

Tout à coup la fortune à la France infidelle ,
Trompe de nos guerriers la valeur immortelle;
    La mort tonne sur eux ,
Et dans des tourbillons de flamme et de fumée ;
Dans des fleuves de sang ensevelit l'armée
    Et ses chefs généreux.

La garde... elle n'est plus !... honneur à son courage
Qu'admire l'Éridan , le Danube , le Tage
    Et le fleuve des Czars !
Que les fils d'Ismaël célébraient sous leurs tentes ,
Quand le Nil étonné, de palmes éclatantes,
    Couvrait nos étendards.

Cette troupe héroïque à peine est avancée ;
Sous l'affreuse mitraille en torrent élancée
     La moitié disparaît.
L'autre reste debout, immobile, invincible :
Telle résiste aux coups d'une tempête horrible
     Une antique forêt.

Les ormes sourcilleux, les chênes séculaires,
Opposent à la foudre et leurs fronts téméraires
     Et leurs troncs imposans.
Ainsi des preux français l'élite inébranlable
Contemple sans effroi la mort inexorable
     Qui dévore ses rangs.

Des guerriers d'Albion la foule confondue
Frémit, entre la haine et l'honneur suspendue ;
     Elle cède à l'honneur.
Le feu semble s'éteindre en leur main menaçante ;
Tant de grandeur trahie et de gloire mourante
     Enchaîne leur fureur.

Tout à coup un cri part de leur masse profonde :
« Nous vous reconnaissons, de l'Europe et du monde
     » Pour les premiers soldats !
» Cessez, héros français, une lutte inégale ! »
Cambronne leur répond : *La garde impériale*
     Meurt et ne se rend pas !

Il dit , et de l'airain la foudre se rallume ;
Sous des torrens de feu la terre se consume :
  Le ciel tremble étonné ;
A cet orage affreux succède un long silence :
Où sont-ils ces héros ? le champ de la vaillance
  Fume au loin moissonné.

Quel que soit désormais l'étendard qui vous guide ;
Français , mouillez de pleurs cette terre homicide !
  Couvrez-la de lauriers !
Vos vœux vous divisaient , qu'un saint deuil vous ras-
  semble ;
Suspendez vos fureurs ! écriez-vous ensemble :
  Honneur à ces guerriers !

Gardez-vous d'oublier dans une aveugle rage ,
Que , du peuple français leur gloire est l'héritage ;
  Ce peuple en est jaloux :
De quoi que les accuse un orgueil en démence ,
Ne souffrez point d'atteinte à cette gloire immense
  La richesse de tous !

Appuis d'une autre cause , abjurez toute haine ;
Dans ces fiers plébéiens étendus sur la plaine
  Près de leurs étendards ,
Reconnaissez de preux une élite fidelle ,
Digne d'associer leur mémoire immortelle
  A celle des Bayards !

L'amour d'un nom fameux aux deux bouts de la terre
Ramena ces héros dans les champs de la guerre,
    Si chers à leur valeur.
Si c'était crime alors à vos yeux implacables;
Respectez aujourd'hui ces immortels coupables
    Absous par leur malheur.

Ah ! si quelque victime à la foudre échappée,
Sanglante et s'appuyant sur sa fidèle épée,
    Se traîne vers Paris ;
Volons à sa rencontre, ouvrons-lui nos asiles !
Offrons le doux repos de nos couches tranquilles
    A ses membres meurtris !

Femmes, tendez la coupe à ses lèvres brûlantes !
Essuyez ce front pâle et ces rides sanglantes !
    Laissez couler vos pleurs !
Qu'ils soient pour sa blessure une douce rosée :
Que du lin, sous vos doigts, la trame divisée
    Appaise ses douleurs.

Consolez ses regrets, rassurez ses alarmes !
Veillez sur son sommeil, et du repos les charmes
    Lui sembleront plus doux :
Qu'il doive enfin la vie aux soins qui le soulagent,
Et qu'en r'ouvrant les yeux ses regards se partagent
    Entre le ciel et vous!

Un jour nous le suivrons vers la plaine guerrière
Où ses fiers compagnons dorment dans la poussière
Du sommeil du trépas :
Nous leur éleverons un monument de gloire :
Les peuples à venir y liront leur histoire,
Et ne la croiront pas.

ÉPITRE

A M LÈ COMTE DE ***,

Sur ce qui s'est passé en France pendant les cent jours.

Par M. VIENNET.

JUILLET 1815.

TROP heureux ***, que je te porte envie !
Exempt des noirs chagrins qui tourmentent ma vie,
A l'ombre des ormeaux par tes aïeux plantés,
De nos ardens climats tu braves les étés.
Tandis que les moissons pour toi se renouvellent,
Qu'en tes champs dépouillés tes gerbes s'amoncellent,
Qu'aux pieds de tes chevaux sont broyés tes épis,
Ou d'un nouveau froment tes greniers enrichis,

Tu relis tes auteurs, et reprenant ta lyre,
Tu cultives en paix la muse qui t'inspire.
Et moi, par la fortune en naissant oublié,
Dans mes goûts, dans mes vœux toujours contrarié,
Moi qu'à son char sanglant, Bellone attache et traîne,
Je ne puis ni briser, ni supporter ma chaîne.

Après vingt ans de deuil, de trouble et de combats,
L'Europe respirait de ses affreux débats;
La paix était du ciel parmi nous descendue;
Et la France, aux Bourbons, heureusement rendue,
Sous un roi juste et sage oubliait des revers
Que sans pâlir, du moins, sa gloire avait soufferts.
« Les Français, me disais-je, instruits par leurs misères,
» Dans vingt peuples rivaux, vont retrouvant des
      frères,
» Chercher d'autres lauriers que les lauriers de Mars.
» Pour eux se r'ouvrira la carrière des arts.
» De Boileau, d'Arrouet, les temps peuvent renaître :
» Et dans ce siècle heureux je compterai peut-être.»
J'espérais que mon nom jaloux d'un avenir,
De la nuit qui le couvre allait enfin sortir.

Illusion trop douce et trop tôt dissipée !
Dans ses vœux, comme moi, la France fut trompée.
La discorde en secret allumant ses brandons,
De traîtres et d'écueils entourait les Bourbons.
Des courtisans jaloux, moins sages que leurs maîtres

Défenseurs imprudens des lois de nos ancêtres,
Dans un peuple superbe et par eux méconnu,
Ne voyaient qu'un esclave à leurs chaînes rendu;
Et trahissant les vœux du plus juste des princes,
De leurs desseins secrets alarmaient nos provinces.

D'autres, plus criminels et non moins insensés,
Dans leurs honneurs récens se disaient menacés;
Contre nos souverains armaient la calomnie,
De l'État réparé détruisaient l'harmonie;
Et feignant pour la France un généreux amour,
D'un despote exilé conspiraient le retour.

Il paraît, et l'Europe en jette un cri d'alarme.
Du Tage au Borysthène, on se rallie, on s'arme.
La paix fuit dans les cieux, l'humanité frémit;
D'un nuage sanglant l'horizon s'obscurcit.
Aux noms de liberté, d'honneur et de patrie,
Dont le fourbe avec art voilait sa perfidie,
Nos soldats égarés courent à leur drapeau,
Et traînent la patrie au pied de son bourreau.
Louis, abandonné, fuit son peuple et sa ville;
A la terre étrangère il demande un asile;
Et bientôt sur le trône où le Corse est porté,
Se replace avec lui le mensonge effronté.

Il annonce aux Français et son fils et la mère;
Dit régner pour le peuple et l'opprime en Tybère;

Des soldats qu'il n'a plus grossit nos légions ;
Dans les camps ennemis feint des dissentions ;
Et comptant sur les dieux comme aux jours de sa gloire,
Même avant de combattre il perdit la victoire.
Il part, et revient seul, quand les dieux en courroux
Auraient dû sur son front rassembler tous leurs coups ;
Insulte à ses guerriers que le vainqueur admire,
Qu'aux foudres d'Albion a livrés son délire ;
Et tandis qu'en nos champs dévastés et flétris,
Les feux de *Mont-Saint-Jean* poursuivent nos débris ;
Tranquille en son palais, il jouit de ses crimes.
Comme Sylla dans Rome il brave ses victimes ;
Pour un faux repentir il est absous, flatté,
D'ingrat et d'inconstant le Français est traité ;
Et partout ces Français dont il cause la perte,
Meurent sous les drapeaux que lui-même il déserte.
Il le voit, il s'enfuit, et les laisse périr,
Lorsque pour les sauver il n'aurait qu'à mourir.

Enfin, cher ***, autour de ces murailles,
Tonne à coups redoublés le bronze des batailles.
La guerre dans Paris vient encor me chercher,
La guerre à mes travaux vient encor m'arracher.
J'ai repris mon épée, et ma lyre est muette ;
Ma muse sous l'armet méconnaît son poète,
Mon Pégase s'effraie et ne m'obéit plus,
Il n'entend que des mots au Parnasse inconnus,

Gargousses, bastions, culs-de-lampes, courtines,
Contrescarpes, redans, fougasses et fascines,
Ou d'autres plus grossiers que Leblond a décrits,
Et que je voudrais bien n'avoir jamais appris.

De ses longs roulemens fatiguant mon oreille,
Un tambour importun avant l'aube m'éveille ;
Je remets en bâillant le harnois sur le dos,
Et maudis un emploi qui trouble mon repos.
En tous lieux dans Paris s'offrent sur mon passage
Des instrumens de mort, de deuil et de ravage ;
Des lances, des mousquets, des fers étincelans,
Des canons à grands bruits sur le pavé roulans ;
Des citoyens coiffés de poil et de panaches,
D'autres à longue barbe, armés de longues haches ;
Des soldats tout sanglans sur la claie emportés,
Ou sur des chars pesans lourdement cahotés ;
Un reste d'étendard d'où pend un bout de frange,
Et qu'escorte en boîtant un reste de phalange ;
Des chevaux harrassés, et qui sourds au clairon,
A pas lents, par instinct, suivent un escadron ;
Des bataillons nouveaux qui, chargés de poussière,
De leur paroisse encor font flotter la bannière :
Des villageois tremblans, chassés de leurs hameaux ;
L'un dérobe aux Prussiens son or et ses troupeaux ;
A l'aspect d'un Anglais l'autre emporte ses lares,
Ou pleure ses moissons que fauchent les Tartares.

De Romainville en vain je cherche les bosquets,
Je ne vois que fossés, glacis et parapets;
De bronzes menaçans Montmartre se hérisse,
Et le pré Saint-Gervais de boulets se tapisse.
Aux cris des combattans qui bordent ses côteaux,
Les nymphes, les amours s'exilent de Mousseaux;
Et Boulogne, pleurant ses paisibles dryades,
Voit à regret ses bois tomber en palissades.

Plus de chants, de ballets, le théâtre est désert.
Ni la voix de Branchu, ni Fleury, ni Leverd,
Ni Duchesnois en pleurs, ni Mars ne nous rappelle;
Le public à Talma serait même infidelle.
Cependant vers le soir mille et mille élégans
Courent pour respirer, s'étouffer à Coblentz.
La foule que Paris alimente sans cesse
Sur l'étroit boulevard et s'entasse et se presse;
Et chaque promeneur, par ses voisins porté,
Fait vingt pas en une heure et marche de côté.

Là, vient la Renommée aux cent voix mensongères,
Répandre en un instant cent nouvelles contraires:
Là, règne encor la mode, et la frivolité
Sur les pas du plaisir amène la beauté.
Son esprit seulement plus grave et dogmatique,
Raisonne sur la guerre, ou sur la politique;

Commente Montesquieu, cite le Florentin ;
Et sur les cinq pouvoirs contredit Benjamin.
N'allez point de l'amour lui parler d'un air tendre ;
Son cœur préoccupé ne saurait vous entendre.

« Oui, dit-elle, à St.-Cloud doit coucher Wellington,
» Et Blücher a repris les hauteurs de Meudon.
» Dans Compiègne ce soir on verra les Cosaques.
» Demain les alliés combinent leurs attaques,
» Nous tournent par la gauche, et dimanche au plus
          tard,
» Les Prussiens dans Paris entrent par Vaugirard.»

Heureux qu'en ses discours respectant la patrie ;
Son zèle mal instruit ne la change en furie !
Robespierre auprès d'elle est encore un mouton ,
Le feu, les échafauds, le poignard, le poison,
L'infamie et la mort attendent nos phalanges ;
Et les seuls ennemis sont dignes de louanges.

Trop malheureux effet de nos divisions !
Je n'entends que les cris, les vœux des factions.
Le ciel mit dans nos cœurs la pitié, la clémence ;
Quel démon étranger nous apprit la vengeance ?
Un Français nous peut-il inspirer de l'effroi ?
Peut-il être barbare et parler de son roi ?
Loin de nous ces fureurs ! Français, vivons en frères ;
Et soyons désormais unis par nos misères !

Ah ! quoique du tyran j'abhorre le pouvoir,
Que, sur Louis encor fondant tout mon espoir,
Je rende à ses vertus un éclatant hommage ;
La patrie à mon cœur parle un autre langage.
Ce cœur libre et français, ne l'est point à demi,
Et dans l'Anglais armé ne peut voir un ami.

Si l'Anglais dans ses murs recevait nos bannières,
Ses femmes devant nous baisseraient les paupières,
Et prenant aussitôt leurs vêtemens de deuil,
N'iraient point du vainqueur mendier un coup-d'œil.
Mais que dis-je ? Paris offre encor des modèles
Ainsi qu'à leur patrie, à leur prince fidèles.
On les voit de l'état déplorer les malheurs,
Porter à nos blessés des soins consolateurs ;
Et rendant l'espérance à leur âme ulcérée,
Ramener aux Bourbons leur tendresse égarée :
Voilà quels sentimens nous devons avouer,
Voilà quelles beautés je me plais à louer !

Dans ce tumulte affreux, tu demandes peut-être,
Que devient le sénat d'un empire sans maître !
Par la chute du monstre il s'est légitimé ;
Mais par vingt furieux lui-même est opprimé.
Il élève, il détruit, pour prolonger son règne,
Des rois qu'on lui refuse, et des lois qu'on dédaigne.

Un mot, un pas, un nom pouvait tout accorder;
Sa fière indépendance a rougi de céder ;
Et pensant éviter un sort inévitable,
Il fait d'un grand désastre un mal irréparable.
Puissent dans l'avenir ne passe rallumer
Les feux que sous la cendre il vient de renfermer!
Des soldats égares disposent son adresse,
La paix avec Louis leur semble une bassesse;
D'un triomphe impossible on leur offre l'espoir ;
D'une mort inutile on leur fait un devoir.

La mort ! depuis vingt ans leur courage l'affronte !
Leur infortune est noble et n'a rien de la honte.
Du bruit de leurs exploits remplissant l'Univers,
Ils avaient mis leur gloire au—dessus d'un revers.
Celui dont trop long—temps leur valeur fut victime,
Emporte dans sa fuite et leur honte et leur crime.
Celui que leur valeur nous a fait couronner,
Dans sa honte en tombant ne peut les entraîner.
De guerres, de discords la France fatiguée,
Peut céder sans rougir à l'Europe liguée:
Et l'Europe à son tour ne peut s'énorgueillir
Du facile laurier qu'elle vient de cueillir.
Rougissons de sa haine, et non de sa victoire !
Mais cette haine enfin, qui blesse notre gloire,
Dont le poids odieux nous accable aujourd'hui,
Est le crime d'un homme et finit avec lui.

La promesse des rois ne sera point frivole ;
Louis dans le malheur a reçu leur parole.
Comme un ange de paix Louis reparaîtra,
Et dans la main des rois la foudre s'éteindra.
Puisse-t-il par les lois affermir sa couronne,
Réunir les Français à l'ombre de son trône ;
Et mettant à profit les leçons du malheur,
Régner par son génie et surtout par son cœur !

Que sa race prospère, et l'écoute, et l'imite,
Quelle soit toute entière au projet qu'il médite,
Et le sceptre à sa race est rendu pour jamais.
La calomnie en vain leur prêta des forfaits ;
C'est en la méprisant qu'ils doivent la confondre.
Pour les fils de Bourbon la France doit répondre.

Puissent les courtisans qui nous ont désunis,
Vains appui du monarque, et du peuple ennemis ;
Immoler à leur roi leurs vengeances, leurs haines,
Déposer à ses pieds leurs espérances vaines ;
A leur siècle, à nos mœurs, soumettre leur fierté,
Et vers le trône enfin guidant la vérité,
Ne plus r'ouvrir l'abîme où leur imprévoyance
A deux fois entraîné les Bourbons et la France !
Dieux ! autour de Louis prompts à nous rallier,
Écartons ce malheur ; il serait le dernier.

Et nous, fils d'Apollon, nous, dont la mélodie
Des tigres, des lions adoucit la furie,

Et fit sentir une âme aux rochers attendris ;
Amollissons les cœurs , fléchissons les esprits ,
Rappelons parmi nous les vertus exilées ;
Calmons les nations que la guerre a troublées ;
Enseignons aux mortels la justice et la paix ;
A la France , à nos rois attachons les Français ;
Répétons désormais , pour sauver la patrie ,
Qu'aux destins des Bourbons notre destin se lie ;
Que dans l'état horrible où le sort nous a mis ,
Qui veut perdre Bourbon veut perdre son pays.

Consolons nos guerriers ; et parlant de leur gloire ,
D'une erreur trop funeste effaçons la mémoire !
Consolons la patrie ; et par des chants flatteurs
Faisons-lui , s'il se peut , oublier nos malheurs !
Du généreux Louis secondant la sagesse,
Des ennuis de l'exil consolons sa vieillesse ;
Charmons par nos accords les ennuis du pouvoir ;
D'une vie orageuse embellissons le soir !

Que les arts de la paix enfantent des merveilles ;
Qu'avec les Girardons renaissent les Corneilles !
Leur gloire est toujours pure, et le temps l'agrandit :
Par eux , après sa chute un empire fleurit.
Euripide , Platon , Phidias , Démosthènes,
Nous attirent encor sur les débris d'Athènes.

J'honore les Villars, les Desaix, les Condés,
Mais de sang autour d'eux les champs sont inondés.
Du bonheur des états leur gloire est ennemie ;
L'honneur de les chanter est plus digne d'envie.
Virgile est à mes yeux plus grand que les Césars :
Et ce bâton doré, qu'au milieu des hasards,
Ont mérité vingt fois Oudinot et Tarente,
Plaît moins à mon orgueil qu'un fauteuil des quarante.

Extrait des Muses royales.

LE MUSÉUM RETROUVÉ,

ou

APPEL A NOS PEINTRES.

Par M. OURRY.

NOVEMBRE 1815.

Air : *Lise épous' l' beau Gernance.*

Sous l'effort de la tempête
La France a courbé sa tête,
Et par nos succès conquis,
Cent tableaux nous sont ravis.

Mais sans passer la frontière ,
Pour retrouver tout cela ,
Des arts r'ouvrons la carrière ;
Et la glorie est encor là.

Toi , qui d'un genre frivole
Désabusant notre école ,
D'un dessein pur , d'un beau trait
Ramenas l'heureux secret ;
David ! que ta main remplace
Ce que ton art rappela ;
Montre *Romulus* , *Horace !*...
Raphaël est encor là !

D'un peintre qui nous enchante
Plus loin la touche brillante
Semble à l'écharpe d'Iris
Dérober son coloris.
Sur la toile qui respire ,
Gros, trace un autre *Jaffa.*
L'œil jouit , le goût admire ;
Et Rubens est encor là !

A la palme décennale ,
Toi qu'un chef-d'œuvre signale ,
Par un *déluge* nouveau
Illustre encor ton pinceau !

Ou créant , peintre-poète,
Une nouvelle *Attala* ,
Girodet , prends ta palette ,
Michel Ange est encor là !

Ici quelle œuvre sublime
Révèle le sort du *crime?*
Prudhon , à nos yeux surpris ,
Tu montres son digne prix :
Un plus doux sujet t'inspire ;
Le dieu des airs, le voilà !
J'entends voltiger *Zéphire.*
Le Corrège est encor là !

De *Phèdre* dans notre France,
Toi qui doublas l'existence ,
Tu sauras aussi , Guérin !
Nous rendre un second Poussin,
Et toi qu'au sein de la Grèce
Jamais Zeuxis n'égala,
Gérard, que *Psiché* paraisse !
Et l'Albane est encor là !

Vous tous qui suivant leurs traces ,
Par la force ou par les grâces ,
De ces tableaux regrettés ,
Reproduirez les beautés ;

Nos cœurs, nos vœux vous invitent·
A nous rendre tout cela.
Si des chefs-d'œuvre nous quittent,
Les talens sont encor là.

~~~~~~~~~~~~~~~~~~~~~~~~~~~~~~~~~~~~~

LE BRONZE D'AUSTERLITZ,

OU

LA COLONNE TRIOMPHALE DES FRANÇAIS,

RESPECTÉE DES ALLIÉS.

AIR : *Un jeune enfant un casque en main.*

D'UN torrent pour tracer le cours,
Choisit-on le marbre ou la pierre?
La France, en *soixante-dix jours,*
Soumit la Germanie entière :
Ses grands destins étaient remplis,
Quand des arts la main libérale
Lui fit, du bronze d'Austerlitz,
Une *colonne triomphale.*

Fiers conquérans de tant d'états,
Premiers favoris de Bellone,
Qu'ils sont illustres les soldats,
Qui décorent cette colonne!

Marchant toujours au nom des lois,
Malgré la discorde infernale ;
Leur nom se lie à leurs exploits
Sur la *colonne triomphale.*

L'Europe que guidaient vingt rois
Armés des traits de la vengeance,
En nous accablant de son poids,
Rendit hommage à la vaillance.
Dans nos guerriers elle admira
Ce dévoûment que rien n'égale
Et sa haine enfin expira
Sur leur *colonne triomphale.*

Héros fameux de *Marathon,*
De *Salamine* et de *Platée* !
Vous accueillîtes, chez Pluton,
Des Francs la phalange indomptée !
Vous déplorâtes nos revers,
Vainqueurs d'*Arbelle* et de *Pharsale* !
Mais nous montrons à l'Univers
Notre *colonne triomphale.*

O France ! qu'il me soit permis
De dire, sans fiel, sans emphase ;
De ta gloire les ennemis
Voudraient seuls en saper la base ;

Mais leurs vains projets passeront
Comme une aurore boréale ;
Et nos immortels resteront
Sur la *colonne triomphale.*

Salut ! beau monument des arts !
Colonne des braves chérie ;
Salut ! orgueil de nos remparts !
Salut ! gloire de ma patrie !
Tout Français bénit son destin
Lorsque l'amante de Céphale
Vient redorer chaque matin
Notre *colonne triomphale.*

PAR M. PIERRE COLAU.

LE GRENADIER FRANÇAIS

AUX ENFERS.

JE viens au nom de l'orgueil de la terre ;
Je viens au nom de ces vivans remparts,
De ces héros plus craints que le tonnerre ;
De ces guerriers aussi vaillans que Mars,

Je viens enfin, ô juge inexorable !
Te répéter, sans vouloir t'attendrir,
Ces mots sacrés , ignorés du coupable :
J'ai su mourir.

Je ne sus point par un fatal breuvage,
Accélérer les ailes de la mort ;
Je ne sus point composer mon visage ,
Je n'ai connu que de nom le remord :
Mais au secours d'une mère en alarmes,
Le fer en main j'ai cru devoir courir,
Et pour sécher la source de ses larmes
J'ai su mourir.

Je ne sus point mépriser l'indigence ,
Je ne sus point ramper devant l'orgueil ,
Je ne sus point outrager l'innocence ,
Des plaisirs vains j'ai redouté l'écueil.
En vain la vie , et sa trompeuse amorce,
A Waterloo devant moi vint s'offrir,
L'honneur parla !!! sa voix eut plus de force ,
J'ai su mourir.

MINOS.

En vain le sort a brisé cette épée
Qui fit trembler vingt peuples et vingt rois:
Français , en vain ta valeur fut trompée,
Oui , tes revers valent tous tes exploits.

La honte fut du vainqueur le partage ;
Et le vaincu vit sa palme fleurir,
Quand pour tromper l'instant de l'esclavage,
　　　Tu sus mourir.

Apprends enfin, ombre trop généreuse !
Que tout mortel, craignant le sombre bord,
Sous les ciseaux de la parque orgueilleuse,
En tombant meurt d'une éternelle mort.
Qui vécut bien des dieux devient l'image ;
Ce droit divin tu l'as su conquérir :
De l'Élisée aborde le rivage,
　　　Tu sus mourir !!!

　　　　　Par M. Francis D˟**.

~~~~~~~~~~~~~~~~~~~~~~~~~~~~~~~~~~~~~~~

L'ÉTOILE DU COURAGE.

Air : *Prenons d'abord l'air bien méchant.*

Qu'un auteur vulgaire et rempant
Craignant les feux de l'empyrée
Se traîne comme un vil serpent
Dans les bosquets de Cythérée.

Aux cieux moi prenant mes sujets,
Je veux, au risque du naufrage,
Chanter l'étoile des Français,
Chanter l'*étoile du courage.*

Romulus, à ses descendans,
Découvrit la superbe étoile;
Sur les Romains pendant mille ans
Elle a brillé sans aucun voile;
Comme eux de la victoire enfans,
Nous avons vu sur chaque plage,
Pour guider nos pas triomphans,
Briller l'*étoile du courage.*

Bravant la foudre, les torrens,
Et des mers les vagues rapides,
Les Français furent toujours grands;
Même à côté des pyramides.
Et quand l'Univers à genoux,
Des autans conjurait la rage,
Un astre encor brillait pour nous,
C'était l'*étoile du courage.*

Sur le sol où vint se creuser
Le tombeau d'une armée entière,
Le soleil, pour nous éclipser,
Cacha sa jalouse lumière.

Des élémens malgré l'accord,
Perçant à travers le nuage,
Nos yeux mourans voyaient encor
Briller l'*étoile du courage*.

Près de son glaive enfin brisé,
Si le Français chancèle et tombe ;
Chaque jour, de pleurs arrosé,
Un laurier fleurit sur sa tombe.
Et par un reflet du flambeau
Qui le guida pendant l'orage,
On voit encor sur son tombeau
Briller l'*étoile du courage*.

Ce soleil qui, de nos héros,
Tant de fois éclaira les joûtes,
Il est tombé !.. des astres faux
Ont du ciel usurpé les voûtes.
Mais le Français, quand il voudra
Par le fer repousser l'outrage,
Prendra son glaive, et l'on verra
Briller l'*étoile du courage*.

PAR M. PAUL-ÉMILE D......X.

MONSIEUR CRÉDULE,

RONDE BURLESQUE.

AIR : *Cadet Roussel est bon enfant.*

MONSIEUR Crédule est bon enfant ,   *(bis.)*
Il croit qu' jamais journal ne ment ,   *(bis.)*
La moindre nouvell' le consterne ,
Un' vessi' lui semble un' lanterne ,
Ah ! ah ! ah ! mais vraiment ,
Monsieur Crédul' est bon enfant.

Quand le Corse pris au filet
Est en cage comme un poulet ,
Monsieur Crédul' chaqu' matinée
S'en va l'attendre à l'Élysée.
Ah! ah ! ah ! etc.

On lui disait qu' Napoléon
Allait s'embarquer pour Boston ;
Y n' voyait pas dans sa vieil' carte
Qu'i' n' s'agissait qu' d'un' parti' d' carte.
Ah ! ah ! ah! etc.

Il croit qu' nous nous faisons payer
Pour aller tous les soirs crier ,

Et qu' c'est pour mieux cacher l'affaire
Qu'on met tout Paris dans l' mystère.
Ah ! ah ! ah ! etc.

Il sourit aux gard' nationaux
Qui n'ont pas d' cocarde aux chapeaux ;
Y n' comprend pas qu' la tricolore
Chez le teinturier est encore.
Ah ! ah ! ah ! etc.

Il croit qu' l'emp'reur des Autrichiens
N'a mis en campagn' tous les siens
Que pour établir la régence ;
Y n' sent pas qu' c'est un cont' b'en rance.
Ah ! ah ! ah ! etc.

On lui fait croire qu' Wellington
Emporte chez lui l' Panthéon,
Le Louvre et la bibliothèque,
Pour y placer un' hypothèque.
Ah ! ah ! ah ! etc.

On lui dit qu' l'impérial marmot
Par la route de Fontain'bleau ,
Pour régner arrive en carrosse :
Monsieur Crédul' donn' dans la bosse;
Ah ! ah ! ah ! etc.

Le jour où MADAME à Paris
Est venu' rejoindre Louis,
Crédule attendait Marie—Louise...;
Jugez un peu comm' ça dégrise.
Ah! ah! ah! etc.

C'est b'en vrai qu'à c' coup nous perdons
Avec lui queuq' Napoléons,
Mais fauss' monnai' c' n'est qu'un' vétille;
Car il n'emmèn' que sa famille.
Ah! ah! ah! de c'tte pert' là
Monsieur Crédule on s'consol'ra.

~~~~~~~~~~~~~~~~~~~~~~~~~~~~~~

ODE

Sur le mariage de S. A. Mgr. le duc de
Berry, avec la princesse Caroline de
Sicile.

PAR M. BAOUR-LORMIAN,
De l'Academie française.

1816.

Assez et trop long-temps les vierges d'Aonie
Ont d'un luth belliqueux fait frémir les accords;
Sur le Pinde français qu'une douce harmonie
De ces filles du ciel anime les transports!

Sous un astre serein le printemps qui s'éveille
Vient les solliciter au nom de l'Univers ;
Et lui-même à leurs pieds de sa fraîche corbeille
Verse tous les parfums et les présens divers.

Mais quelle fleur choisit leur main reconnaissante ?
C'est le lis des Bourbons, le lis de nos aïeux :
Hélas ! combien de fois sa tête languissante,
Jouet de la tempête, a ployé sous nos yeux !
Maintenant rafraîchi par l'aube matinale,
Sur le peuple embaumé des jardins d'alentour
Il domine ; et , debout sur sa tige royale,
Dans sa coupe d'albâtre il boit les pleurs du jour.

Fleur du trône, salut ! en festons , en guirlandes,
Viens parer de l'hymen l'autel religieux !
L'hymen en souriant accepte nos offrandes ;
Des champs de la Sicile il conduit en ces lieux ,
L'aimable et jeune épouse à ses lois asservie :
Sur son front virginal respire la candeur ;
Tout s'empresse autour d'elle , et la France ravie
A de l'hymne d'amour accueilli sa pudeur.

Entendez-vous gronder ces bronzes pacifiques ?
Les cent échos du fleuve ont prolongé leur voix :
Le vieux Louvre frémit en ses vastes portiques,
Et proclame avec eux l'héritière des rois.

Quels sons l'airain sacré fait monter jusqu'aux nues !
De quels flots populeux les chemins sont couverts !
Du temple de l'hymen perçant les avenues,
Que de cris sont mêlés à ses divins concerts !

Mais la fête pieuse est déjà commencée :
Les prêtres du Seigneur environnent l'autel :
Et l'urne des parfums, dans leur main balancée,
Exhale un pur encens qui plaît à l'immortel.
Assis dans le palais de vie et d'alégresse,
Le roi-martyr, tombé sous des coups assassins,
Sent rouler dans ses yeux des larmes de tendresse,
Telles qu'avec bonheur en répandent les saints.

Entre le ciel et nous il n'est plus de barrière :
Avec nous désormais, Dieu réconcilié,
Au temple de Marie exauce la prière
De ce couple fidèle, à nos destins lié.
Quel moment ! un Bourbon vient jurer à la France,
A sa grande famille un amour paternel ;
Et sur des ailes d'or, l'ange de l'espérance
Emporte le serment aux pieds de l'Éternel.

Louis ordonne :... Eh bien ! vassaux de l'hyménée,
Beaux-arts obéissez au monarque chéri !
Parez de votre éclat la pompe fortunée ;
Attachez votre gloire au trône de Henri !

Brillez , astres, enfans du salpêtre qui tonne!
En disques lumineux rayonnnez dans les airs!
Et faites resplendir , dans l'ombre qui s'étonne,
Les noms des deux époux dessinés en éclairs!

Vainement sous un ciel enflammé par l'orage ,
Des foudres et des vents l'épouvantable accord,
Du vaisseau de l'État conspirant le naufrage,
Sur ses mâts fracassés a fait planer la mort :
Le pilote prudent qui veille à sa conduite ,
Le dirige avec calme au sein des flots amers ,
Et , déjà dans le port , il trompe la poursuite
Des astres ennemis et des bruyantes mers.

Heureux port ! à jamais ton enceinte tranquille
Va repousser l'orage et les flots écumans.
L'auguste liberté qui défend cet asile,
A la voix de Louis posa ses fondemens :
Oui , j'en atteste ici l'infaillible promesse
Du roi législateur qu'ont rappelé nos vœux :
Oui , le phare élevé des mains de la sagesse
A travers les écueils guidera nos neveux.

Si des maux passagers nous affligent encore ,
Après de longs revers, si les destins jaloux
D'une paix renaissante osent troubler l'aurore ,
Point de vaines frayeurs : l'avenir est à nous.

Étouffant pour jamais la discorde inhumaine,
Nous—mêmes commandons à la prospérité !
Sous le ciel bienfaisant que le ciel nous ramène,
Le bonheur est le prix de la fidélité.

Ah ! notre antique France est encor la patrie
Du trône et de l'autel, du courage et des arts.
Elle garde à ses rois la même idolâtrie,
Et dans ses légions il reste des Bayards.
Ils renaissent en foule à ma vue enivrée,
Nos galans paladins, nos joyeux troubadours :
Dieu, le prince et l'honneur ! O devise sacrée !
Sur nos vaillans drapeaux tu brilleras toujours!

Tels qu'aux vallons d'Enna, sur ces mêmes rivages
D'où nous vient la beauté qui fixa notre choix,
Quand les volcans éteints ont cessé leurs ravages,
Revivent plus féconds les vallons et les bois ;
Tels sur les bords français, d'où la tempête sombre
Et les noirs ouragans s'exilent sans retour,
Nos yeux verront fleurir les rejetons sans nombre
De ces lis immortels rendus à notre amour.

LA NYMPHE DE SICILE,

PASTORALE,

EXTRAITE DE L'UNION DES LIS.

AIR : *Fille avant le mariage.*

QUITTEZ vos grottes fleuries,
Dieux des vallons, dieux des bois !
Nymphes, quittez vos prairies !
Bergers, prenez vos hautbois !
Venez embellir la fête
De l'objet le plus charmant ;
Du bonheur toucher le faîte,
Et dire avec nous gaîment:
      C'est vraiment   (*bis.*)
La fête du sentiment.

Caroline dans l'asile
Des vertus et du malheur,
Des campagnes de Sicile
Était la plus belle fleur ;
Les dieux l'avaient cultivée ;
Zéphir l'aime tendrement ;
En France elle est arrivée
Pour en être l'ornement.

C'est vraiment
Une fleur de sentiment.

Je crois voir dans la princesse
Qui s'offre à mes yeux surpris ;
La naïade enchanteresse
Dont Alphée était épris :
Du printemps elle est l'image ;
Et dans leur gazouillement ,
Les amphions du bocage
Chantent son avènement.
          C'est vraiment
Honorer le sentiment.

Puisque Flore la destine
Au descendant de Henri ;
Vainement Zéphir lutine
La fleur du prince chéri.
Des Bourbons c'est l'espérance
Et la nôtre assurément ,
Car le bonheur de la France
Est dans leur accroissement.
          C'est vraiment
L'unanime sentiment.

Quand de la mère des grâces
Caroline offre les traits ,

L'amour jouant sur ses traces
Orne de lis ses attraits ;
Elle joint à la naissance
Esprit, douceur enjoûment ;
Qualités dont la puissance
Rend toujours l'époux amant.
   C'est vraiment,
Ce qui fait le sentiment.

Que n'ai-je de *Théocrite*
La voix et le chalumeau !
Que n'ai-je aussi le mérite
De ce chantre du hameau !
Il me serait plus facile
De tourner un compliment;
Mais la *nymphe de Sicile*
Peut croire qu'en ce moment
   C'est vraiment,   (*bis.*)
L'hommage du sentiment.

Par un berger de Syracuse.

~~~~~~

LE TRIOMPHE DE L'ÉGLISE,

CANTIQUE

A l'usage des missions de France, pendant les années 1818, 1819 et 1820.

AIR : *La victoire en chantant.*

Pourquoi ces vains complots, ô princes de la terre !
 Pourquoi tant d'armemens divers ?
Vous vous réunissez pour déclarer la guerre
 A l'arbitre de l'Univers.
  Tremblez ennemis de sa gloire !
  Tremblez audacieux mortels !
  Il tient en ses mains la victoire ;
  Tombez au pied de ses autels !
  La religion vous appelle,
  Sachez vaincre, sachez périr !
  Un Chrétien doit vivre pour elle,
  Pour elle un Chrétien doit mourir.

Depuis quatre mille ans plongé dans les ténèbres,
 Assis à l'ombre de la mort,
L'Univers gémissant sous des voiles funèbres,
 Soupirait pour un meilleur sort :

Jésus paraît; à sa lumière,
La nuit disparaît sans retour ;
Comme on voit une ombre légère
S'enfuir devant l'astre du jour.
La religion , etc.

Pour soumettre à ses lois tous les peuples du monde ;
Il ne veut que douze pêcheurs ;
Et pour éterniser le royaume qu'il fonde ,
Il en fait ses ambassadeurs.
Nouveaux guerriers, prenez la foudre !
Allez conquérir l'Univers !
Frappez , brisez , mettez en poudre
L'idole d'un monde pervers!
La religion , etc.

Déjà de ces héros , du couchant à l'aurore ;
La voix plus prompte que l'éclair,
A foudroyé ces dieux que l'Univers honore
D'un culte enfanté par l'enfer.
Ouvrant les yeux à la lumière
Rome détrompe les mortels ,
Et foule aux pieds dans la poussière ;
Ses dieux , ses temples , ses autels.
La religion , etc.

En vain , ô fiers tyrans ! votre main meurtrière
Fait couler leur sang à grands flots;

Ce sang devient fécond ; de leur noble poussière,
 S'élève un essaim de héros :
 En courbant eux-mêmes leurs têtes ,
 Seigneur , sous le joug de tes lois ,
 Après trois siècles de tempêtes ,
 Les princes arborent la croix.
 La religion , etc.

O reine des cités ! toi dont la destinée
 Est de régner sur l'Univers ,
De ce joug si nouveau si tu fus étonnée ,
 Tu t'énorgueillis de tes fers !
 La religion triomphante
 Sur le trône de tes Césars ,
 Veut que les peuples qu'elle enfante
 Combattent sous ses étendards.
 La religion , etc.

Que vois-je ? ô Dieu ! partout le schisme et l'hérésie
 Déchirent son sein maternel ;
Laisseras-tu périr sous les coups de l'impie
 L'objet de ton soin paternel ?
 Non , toujours battu de l'orage ,
 Ce vaisseau vogue en sûreté ;
 Jamais il ne fera naufrage :
 Tu l'as dit , Dieu de vérité !
 La religion , etc.

Sainte religion , l'amour et les délices
        De nos pères , de nos aïeux !
Puissent toujours marcher sous tes divins auspices
        Et leurs enfans et leurs neveux !
            Si jamais de leur cœur bannie
            Tu t'exilais loin des Français ;
            Que ma trop ingrate patrie
            Se souvienne de tes bienfaits !
            La religion , etc.

Ce grand arbre ébranlé jusque dans sa racine ;
        Voyait mille ennemis nouveaux
Hâter par leurs efforts l'instant de sa ruine ,
        Pour se disputer ses rameaux.
            Dieu parle ;.... la foi renaissante
            En foudroyant l'impiété ,
            Rend à l'église triomphante
            La paix et la prospérité.
            La religion , etc.

Église de Jésus , doux charme de ma vie ,
        Et mon espoir dès le berceau,
Sainte religion ! si jamais je t'oublie ,
            Si tu ne me suis au tombeau ,
            Qu'à jamais ma langue glacée
            Ne prête de sons à ma voix ,
            Et que ma droite desséchée
            Me punisse et venge tes droits !

La religion vous rappelle ;
Sachez vaincre, sachez périr !
Un Chrétien doit vivre pour elle ;
Pour elle un Chrétien doit mourir.

CHOEUR.

La religion nous rappelle ;
Sachons vaincre, sachons périr.
Un Chrétien doit vivre pour elle,
Pour elle un Chrétien doit mourir !

LES DIABLES MISSIONNAIRES.

PAR M. P.-J. DE BÉRANGER.

AIR : *Du rigaudon, zig zag don don.*

SATAN dit un jour à ses pairs :
   On en veut à nos hordes ;
C'est en éclairant l'Univers
   Qu'on éteint les discordes.
   Par brevet d'invention
   J'ordonne une mission :
   En vendant des prières,
Vite soufflons, soufflons, morbleu !
   Éteignons les lumières
   Et rallumons le feu !

Exploitons en diables cafards,
    Hameau, ville et banlieue!
D'Ignace imitons les renards,
    Cachons bien notre queue!
Au nom du père et du fils,
Gagnons sur les crucifix!
    En vendant, etc.

Que de miracles on va voir
    Si le ciel ne s'en mêle!
Sur des biens qu'on voudrait ravoir,
    Faisons tomber la grêle!
Publions que Jésus—Christ
Par la poste nous écrit!
    En vendant, etc.

Chassons les autres baladins!
    Divisons les familles!
En jetant la pierre aux mondains,
    Perdons femmes et filles!
Que tout le sexe enflammé
Nous chante un *asperges me!*
    En vendant, etc.

Par Ravaillac et Jean Châtel,
    Plaçons dans chaque prône,
Non point le trône sur l'autel,
    Mais l'autel sur le trône!

Comme aux bons temps féodaux
Que les rois soient nos bédeaux !
    En vendant , etc.

L'intolérance , front levé ,
    Reprendra son allure.
Les protestans n'ont point trouvé
    D'onguent pour la brûlure :
Les philosophes aussi
Déjà sentent le roussi.
    En vendant , etc.

Le diable après ce mandement ,
    Vient convertir la France.
Guerre au nouvel enseignement ,
    Et gloire à l'ignorance !
Le jour fuit et les cagots
Dansent autour des fagots.
    En vendant des prières ,
Vite soufflons , soufflons , morbleu !
    Éteignons les lumières,
    Et rallumons le feu !

~~~~~~~~~~~~~~~~~~~~~~~~~~~~~~~

L'AVEUGLEMENT DES IMPIES,

CANTIQUE

A L'USAGE DES MISSIONS DE FRANCE.

Air nouveau.

Paraissez, roi des rois ! venez juge suprême,
 Faire éclater votre courroux
 Contre l'orgueil et le blasphême
 De l'impie armé contre vous!
Le Dieu de l'Univers est le Dieu des vengeances :
Le pouvoir et le droit de punir les offenses
 N'appartient qu'à ce Dieu jaloux.

Jusques à quand, Seigneur, souffrirez-vous l'ivresse
 De ces superbes criminels
 De qui la malice transgresse
 Vos ordres les plus solennels?
Et dont l'impiété barbare et tyrannique
Au crime ajoute encor le mépris ironique
 De vos préceptes éternels ?

Ils ont sur votre peuple exercé leur furie;
 Ils n'ont pensé qu'à l'affliger.

Ils ont semé dans leur patrie,
 L'horreur , le trouble et le danger ;
Ils ont de l'orphelin envahi l'héritage,
Et leur main sanguinaire a déployé sa rage
 Sur la veuve et sur l'étranger.

Ne songeons, ont-ils dit, quelque prix qu'il en coûte,
 Qu'à nous ménager d'heureux jours !
 Du haut de la céleste voûte,
 Dieu n'entendra pas nos discours.
Nos offenses par lui ne seront point punies ;
Il ne les verra point , et de nos tyrannies
 Il n'arrêtera pas le cours.

Quel charme vous séduit ? quel démon vous conseille ?
 Hommes imbécilles et foux !
 Celui qui forma votre oreille
 Sera sans oreille pour vous.
Celui qui fit vos yeux ne verra point vos crimes;
Et celui qui punit les rois les plus sublimes ,
 Pour vous seuls retiendra ses coups ?

Il voit , n'en doutez plus , il entend toute chose :
 Il lit jusqu'au fond de vos cœurs.
 L'artifice en vain se propose
 D'éluder ses arrêts vengeurs ;
Rien n'échappe aux regards de ce juge sévère :

Le repentir lui seul peut calmer sa colère,
    Et fléchir ses justes rigueurs.

Ouvrez, ouvrez les yeux, et laissez-vous conduire
    Aux divins rayons de la foi !
    Heureux celui qu'il daigne instruire
    Dans la science de sa loi !
C'est l'asile du juste, et la simple innocence
Y trouve son repos ; tandis que la licence
    N'y trouve qu'un sujet d'effroi.

Toujours à vos élus l'envieuse malice
    Tendra ses filets captieux ;
    Mais toujours votre loi propice
    Confondra les audacieux.
Vous anéantirez ceux qui nous font la guerre ;
Et si l'impiété nous juge sur la terre,
    Vous la jugerez dans les cieux !

Imprimé à Tours, chez Mame.

DIALOGUE

ENTRE UN ANCIEN NOBLE

ET UN PLÉBÉIEN.

Par un descendant des Gaulois, aussi Français que les Francs.

LE NOBLE.

Vils plébéiens, quoi ! malgré nos ancêtres,
Vous essayez, par d'insolens discours,
De ravaler la gloire de vos maîtres,
Quand vous devez implorer leur secours !

LE PLÉBÉIEN.

Nos maîtres, vous! neveux d'hommes illustres!
En vérité, ce mot n'est plus Français.
L'erreur en vain plaide depuis vingt lustres,
Et la raison a gagné son procès.

LE NOBLE.

Non, non! tenir le vilain à la gêne
Sera toujours l'objet de nos désirs;
Sans l'écraser sous une lourde chaîne
Nous ne saurions goûter de vrais plaisirs.

LE PLÉBÉIEN.

Noble seigneur ! la chose est mal-aisée
Quand le bon sens a reconnu nos droits ;
La chaîne tombe ; elle était trop usée :
Mais comme vous *nous servirons nos rois*.

LE NOBLE.

N'aviez-vous point jadis cet avantage
En nous suivant sur le champ des combats ?
Lorsque la gloire était notre partage
On vous laissait l'honneur d'un beau trépas.

LE PLÉBÉIEN.

Nous combattions ainsi que des esclaves ;
Sans nul espoir d'un sort plus glorieux ;
La faux du temps a détruit nos entraves,
Et la valeur remplace nos aïeux.

LE NOBLE.

En invoquant votre sanglante reine,
N'espérez plus parvenir à nos rangs !
Les descendans des *Bayards*, des *Turenne*,
Seront toujours les hommes les plus grands.

LE PLÉBÉIEN.

Vos fiers aïeux ont transmis leur courage
A la patrie objet de notre encens :

Leurs noms pour vous du hasard sont l'ouvrage ;
Et sans vertus ces noms sont impuissans.

LE NOBLE.

Vous outragez les vainqueurs de *Ravenne*,
De *Marignan*, des *Dunes*, de *Rocroy*,
Et vous puisez une audace si vaine
Au fond d'un sang qui.... du noble, est l'effroi,

LE PLÉBÉIEN.

Vos préjugés seuls ont fait la bascule ;
Nous respectons tant de héros divers;
Le sang d'Adam dans nos veines circule ;
Et cet Adam fut roi de l'Univers.

LE NOBLE.

L'égalité, cette absurde chimère,
De la discorde alluma les brandons ;
La liberté, de vos maux fut la mère,
Le noble seul est digne de ses dons.

LE PLÉBÉIEN.

Pour nous tromper trop souvent le reptile
Au pur breuvage a mêlé son poison :
Mais la leçon ne fut point inutile
Et chacun sait d'où vint la trahison.

LE NOBLE.

Nous réclamons l'encensoir et la dîme;
Et tous ces biens qu'on osa nous ravir :
Si nous n'avons jusqu'au dernier centime,
Contre vous tous il faudra bien sévir.

LE PLÉBÉIEN.

Sur les donjons de vos châteaux antiques,
Vous déroulez des titres vermoulus;
Vous exhumez, des ruines gothiques,
Le souvenir des temps qui ne sont plus.

LE NOBLE.

Ah! pourrions-nous, perdant nos priviléges,
Céder la palme à des hommes nouveaux?
Non : guerre à mort à tous les sacriléges
Qui prétendraient devenir nos rivaux !

LE PLÉBÉIEN.

Quoi ! c'est ainsi qu'on pense à votre école!
Vous voulez voir nos braves avilis;
Mais sur leur front sont les lauriers d'*Arcole*,
De *Marengo*, d'*Iéna*, d'*Austerlitz* !!!

LES ENFANS DE LA FRANCE,

CHANSON.

Air du *Vaudeville de Turenne*, ou de *la Colonne*.

REINE du monde, ô France ! ô ma patrie !
Soulève enfin ton front cicatrisé !
Sans qu'à tes yeux leur gloire en soit flétrie,
De tes enfans l'étendard s'est brisé.   (*bis.*)
Quand la fortune outrageait leur vaillance,
Quand de tes mains tombait ton sceptre d'or,
        Tes ennemis disaient encor :
        Honneur aux enfans de la France !   (*bis.*)

De tes grandeurs tu sus te faire absoudre,
France, et ton nom triomphe des revers.
Tu peux tomber, mais c'est comme la foudre,
Qui se relève et gronde au haut des airs.
Le Rhin, aux bords ravis à ta puissance,
Porte à regret le tribut de ses eaux,
        Il crie au fond de ses roseaux :
        Honneur aux enfans de la France !

Pour effacer des coursiers du barbare
Les pas empreints dans tes champs profanés,
Jamais le ciel te fut-il moins avare ?
D'épis nombreux vois ces champs couronnés !

D'un vol fameux prompts à venger l'offense,
Vois les beaux-arts consulter leurs autels !
Y graver en traits immortels,
Honneur aux enfans de la France !

Prête l'oreille aux accens de l'histoire !
Quel peuple ancien devant toi n'a tremblé ?
Quel nouveau peuple, envieux de ta gloire,
Ne fut cent fois de ta gloire accablé ?
En vain l'Anglais a mis dans la balance
L'or que pour vaincre ont mendié les rois ;
Des siècles entends-tu la voix ?
Honneur aux enfans de la France !

Dieu qui punit le tyran et l'esclave,
Veut te voir libre, et libre pour toujours.
Que tes plaisirs ne soient plus une entrave !
La liberté doit sourire aux amours.
Prends son flambeau, laisse dormir sa lance !
Instruis le monde, et cent peuples divers
Chanteront, en brisant leurs fers :
Honneur aux enfans de la France !

Relève-toi, France, reine du monde !
Tu vas cueillir tes lauriers les plus beaux :
Oui, d'âge en âge, une palme féconde
Doit de tes fils protéger les tombeaux.

Que, près du mien, telle est mon espérance,
Pour la patrie admirant mon amour,
    Le voyageur répète un jour :
    Honneur aux enfans de la France !

         P.-J. DE BÉRENGER.

      (*Extrait de la Minerve.*)

L'AMOUR DE LA PATRIE,

ODE

EN VERS LIBRES.

Amour sacré de la patrie !
  Lorsqu'après vingt ans de succès,
  Qu'en vain un fanatisme impie
Voudrait changer en vingt ans de forfaits;
Après une promesse auguste et solennelle
De couvrir tous nos maux d'un oubli généreux,
    Une politique cruelle
    Vint trahir d'aussi nobles vœux;
  Plus d'un proscrit, loin des rives de France,
Plein de tes saints transports, en quittant ces beaux
    Aux champs qui virent sa naissance,   [lieux,
    Adressa ces tristes adieux :

Forcé par une loi sévère
De quitter tes bords adorés ,
O France ! en quels lieux retirés,
Irai-je finir ma carrière ?
J'irai dans des pays déserts,
Avec mes compagnons de gloire et d'infortune;
Réunis au-delà des mers ,
Nous nous consolerons d'une perte commune :
Déplorable nécessité !

Loin de notre patrie, en orages féconde ,
Du moins nous trouverons aux champs du Nouveau-
Un asile et la liberté.   [Monde
Il dit , et quittant nos contrées ,
Il va chercher des terres ignorées
Où n'aient point pénétré les révolutions;
Où , loin des persécutions,
Le mérite inconnu puisse vivre tranquille ;
Et là , dans un modeste asile ,
A ses champs, aux ruisseaux, donnant des noms chéris,
Libre de toute inquiétude ,
Il se rappelle son pays ,
Et ce doux souvenir charme sa solitude.

Sur les bords de l'Euphrate , en des lieux écartés,
Quelles sont ces jeunes captives
Qui suspendent le sistre aux saules de ses rives ?
Pourquoi leurs regards attristés
Vers l'Orient restent-ils attachés ?

Les filles de Sion, dans leur douleur amère,
Des plaisirs innocens ignorent les douceurs;
  Près du rivage solitaire,
  Sur leur patrie elles versent des pleurs :
Chantez-nous, leur dit-on, ces sublimes cantiques
Qu'aux jours de votre gloire, en son temple fameux,
  A l'Éternel adressaient vos aïeux,
  En célébrant ses fêtes magnifiques....
Jérusalem n'est plus, et nous pourrions chanter !
  Jérusalem ! tes filles affligées,
  Au souvenir de tes grandeurs passées,
Ne savent que gémir, te plaindre et te pleurer.
Accablé sous le poids d'un terrible anathême,
  L'Israélite, encore exilé de Sion,
   Dans son cœur conserve de même
   L'ineffaçable impression
  Du beau pays où vécurent ses pères.
   Prêt à terminer mes misères,
   Vallon sacré de Josapha !
J'irai mourir, dit-il, aux champs de ma patrie,
   Et ma cendre tressaillera
   Auprès de la cendre endormie
   Des patriarches de Juda.

  La nature, en nous donnant l'être,
   A mis dans le cœur des mortels
Cet amour généreux du lieu qui les vit naître.

Amour de la patrie ! à tes sacrés autels,
Les peuples, de tout temps, ont porté leurs hommages;
Et ceux que notre orgueil appela des sauvages,
    Parce que dans le fond des bois,
Sans arts et sans besoins, errans à l'aventure,
Plus fortunés que nous, de la simple nature
    Il leur suffit de connaître les lois,
Pleins d'amour pour les lieux où dorment leurs ancê-
    Pour leurs forêts et leurs tristes glaçons, [tres,
A ces Européens qui se disent leurs maîtres,
De ton noble héroïsme ont donné des leçons.

Ébloui par l'éclat des peintures trompeuses,
    Infortuné Keraboa !
    Conduit aux bords du Canada,
Tu quittas tes rochers, tes rives poissonneuses;
Le fragile canot où tu bravais les vents,
Ces monts couverts d'une neige éternelle,
    Et la Kéralite fidèle (1),
Qui volait avec toi sur les glaçons flottans,
Avec qui tu courais sur tes affreux rivages
Des mers du Labrador affronter les orages,
Et les monstres du Nord sur les flots bondissans;
    De Québec, la splendeur naissante,
    L'airain grondant sur ses remparts,
Ses monumens, les chefs-d'œuvre des arts;
Les merveilles d'Europe et la pompe éclatante
    D'une cité déjà puissante,

_____

(1) C'est ainsi que s'appelle la femme d'un Esquimaux.

Pour la première fois offerts à tes regards,
    D'une admiration profonde
    Frappèrent tes sens éperdus
Pour ces Européens, jusqu'alors inconnus ,
Qui te semblaient des dieux et les maîtres du monde.
    Combien tu sentis ton erreur !
    Cette illusion mensongère
Se dissipa comme une ombre légère ,
    Et sous ce prestige imposteur ,
Tu ne vis plus qu'ambition extrême,
Qu'un sot orgueil , que l'amour de soi-même ,
Le sordide égoïsme et la cupidité ,
    Et l'intérêt , seule divinité
De ces aventuriers avides de pillage ,
De la soif des trésors , sans cesse dévorés ,
    Et que sur ce nouveau rivage
La fureur d'acquérir avait tous attirés.
    L'infortuné! que va-t-il faire ?
    Transporté loin de son pays ,
    Seul, sans soutien et sans amis ,
    Qui viendra calmer sa misère ?
    Tel un arbuste délicat ,
    Qui , par une main étrangère ,
Fut transplanté dans un autre climat ,
Chaque jour dépérit , se sèche et vers la terre
    Penche ses rameaux expirans ,
    Que ni l'art , ni des soins constans
N'ont pu faire fleurir sur un autre hémisphère ;
    Tel le sensible Américain ,
Sur un sol qui n'est pas celui de sa patrie ,

Languit, et, par un noir chagrin,
Voit tarir dans son cœur les sources de la vie.
Tantôt l'œil fixé sur les flots,
Immobile, il regarde l'onde ;
Tantôt, dans sa douleur profonde,
Du nom de son pays il remplit les échos.
On le voyait gravir des roches escarpées,
Errer dans les sombres vallons,
Ou penché sur le bord des rivières gelées,
Écouter le bruit des glaçons.
Là, du chagrin qui le dévore,
Avant le jour il exhalait l'ennui,
Le soir l'y retrouvait encore,
Le doux sommeil n'existait plus pour lui.
Cependant, accablé de peine et d'insomnie,
Il meurt.... et ses derniers accens
Appelaient sa chère patrie,
Sa kéralite et ses parens.
En vain, prêt à quitter la vie,
Il les appelle, ô regrets superflus !
L'infortuné ne verra plus
Ni ses parens, ni sa patrie.

Loin de la France, objet de mon amour,
De mes plus jeunes ans la course s'est passée,
Leur flux rapide a coulé sans retour,
Mais que de fois à ma triste pensée,
De mon pays l'image retracée
Me ramenait aux lieux où j'ai reçu le jour !
Ah ! malheureux celui qui n'a plus de patrie,
En de lointains climats à jamais exilé !

Plus de bonheur pour son âme flétrie ;
Si dans son doux pays il n'est pas rappelé,
Un sombre désespoir vient consumer sa vie....
Quand viendront ces beaux jours où tant d'infortunés,
      Proscrits aux terres étrangères,
Reverront leur patrie et ses rives si chères
      Aux cœurs sensibles et bien nés ?
L'orage trop long-temps a grondé sur nos têtes,
Les vents tumultueux sont enfin appaisés :
O France ! maintenant à l'abri des tempêtes,
Rappelle dans ton sein tes enfans dispersés !
Oui, tu mettras bientôt un terme à leurs misères ;
   Ils reviendront ces vieillards languissans,
   Mêler leur cendre aux cendres de leurs pères :
      Au moins, à leurs derniers instans,
La main de leurs amis fermera leurs paupières ;
      Au moins leurs regards consolés
N'auront pas vu la France exposée à l'outrage,
Livrer à l'étranger ses villes en otage,
Et les soldats du Nord, dans nos mers appelés,
Si long-temps l'entourer des fers de l'esclavage.
Ils la verront au sein de la tranquillité,
Jalouse de ses droits et de sa dignité ;
      En dépit des efforts coupables
      D'une indigne minorité,
      Jeter les fondemens durables
      D'une paisible liberté.

               HIPPOLYTE B.

CONTRA L'INGHILTERRA.

Monti 1818.

Luce ti nieghi il sol, erba la terra
Malraggia che dell'alga e dello scoglio
Pel sentier dei ladron salisti al soglio,
E coll'armi di giuda esci alla guerra.
Fucina di delitti, in cui si sarra
Tutta d'Europa il damo ad il cordoglio;
Stagion verra, che abbasserai l'orgoglio;
Se pur stanco alfin dio non ti sotterra
La man che tempra delle Gallie il fato
Ti stringerà la chiome, e fin che chiuda
Questo di sangue aman empiu mercato.
Pace arra il mondo, et tu briaca e cruda,
Del mar tiramo, all'amo abbandonato
Farai ritorno, piscatrice ignuda!

CONTRE L'ANGLETERRE.

TRADUCTION.

Toi , que la mer vomit de son fangeux abîme ,
Au trône parvenu par la route du crime ,
Peuple armé par Juda , puisse le sol vengeur
Te refuser ses fruits , le soleil sa splendeur !
Cruel fabricateur des criminelles armes ,
Qui de l'Europe en deuil nourrissent les alarmes ,
Un temps fatal viendra : tu perdras ton orgueil,
A moins que Dieu plus prompt ne te plonge au cercueil.
Oui : la main qui conduit les destins de la France ,
Doit dépouiller ta tête et briser la balance
Où tu pèses ton or et le sang des humains.
Le monde aura la paix. Toi , sombre , nud , sauvage ,
Des flots , roi détrôné , vil pêcheur du rivage ,
L'hameçon délaissé reviendra dans tes mains.

LES RUINES
ET LES MONUMENS,
POÈME DITHYRAMBIQUE.

Par quel attrait mélancolique,
Sur cet asile inhabité,
Où repose un tombeau rustique,
Mon regard s'est-il arrêté ?
Le nom d'Irus est sur la pierre :
Qui fut l'ami d'Irus à son dernier moment ?...
Près de là le fleuve écumant,
Par une invincible barrière,
Semble défendre sa poussière :
D'Irus, du pauvre Irus il reste un monument !

Ainsi la voûte tutélaire
De ces bois respectés du jour,
Couvre d'une ombre funéraire,
Le pauvre à son dernier séjour !
Sous ce toit qui le vit descendre,
Sans urne et sans témoins, aux rives des enfers,
Je demande aux peuples divers,
Quel marbre a conservé la cendre
D'un roi, d'un dieu, d'un Alexandre,
Dont la vie et la mort ont rempli l'Univers.

Cruels inventeurs de la guerre ;
Peuples autrefois si connus ,
Où reposez-vous sur la terre ?
Où sont les vainqueurs , les vaincus ?
Où sont-ils ? j'en cherche la trace
Des sommets de l'Atlas aux rives de l'Indus.

Le temps me dit : « Ils ne sont plus :
» J'ai dévoré toute leur race ;
» Mais si tu veux savoir leur place ,
» Lis ces fragmens d'airain , dans les sables perdus.»

Le temps jeta dans tes abîmes
Et les palais et les autels ;
O terre ! rends-moi ces victimes ;
Rends-moi ces débris immortels !
Après vingt siècles tu succombes
Sous de vastes remparts trop long-temps supportés ;
Et vingt siècles sont attristés
De passer sur tes catacombes.
Profanes , nous foulons des tombes ;
Et l'homme des déserts marche sur les cités.

Aux monumens de la victoire,
S'appuie un modeste hameau,
Et le souvenir de la gloire
Se perd dans le bruit d'un ruisseau.
Des cités jalouse héritière,
La nature en riant s'asseoit sur leurs débris,

Et couvre leurs marbres flétris ;
D'un tissu de pampre et de lière.
Le pâtre élève sa chaumière
Sur le temple où vingt rois couronnaient Sésostris.

Mais au sein de ces mers arides ,
Où le sable roule à grands flots ,
Au sein de ces plaines torrides
Qui sont la poudre du chaos ,
Palmyre , tes palais antiques ,
Sous les rides du temps , offrent l'éclat des arts ;
Des troupeaux y dorment épars :
De l'Arabe les chants rustiques
Les rassemblent sous tes portiques ,
Et je vois à tes pieds les aigles des Césars.

L'ombre auguste de Zénobie
Parcourt ces palais dévastés ,
Restes des grandeurs de l'Asie ;
Un vieillard marche à ses côtés :
« Voici la superbe Palmyre ,
» Lui dit-elle, ce sol par le temps entr'ouvert,
» Ces débris où ton œil se perd ,
» Furent l'orgueil de mon empire.
» Tout a passé, rien n'y respire :
» Palmyre est une tombe au milieu d'un désert.

» En vain de la grandeur royale ;

» Rome avait dépouillé mon front ,

» J'ai su , victime triomphale ,

» De ses fers dédaigner l'affront ;

» Des beaux-arts le puissant génie

» Aux rivages du Tibre accueillit mes douleurs.

» J'ai vu mes superbes vainqueurs

» A mon déclin porter envie,

» Et les ruines de ma vie

» Dans leurs champs fortunés se couronner de fleurs.

» C'est toi qui , des bords de la Grèce ,

» M'apportas ces dons précieux ,

» Ces beaux-arts et cette sagesse

» Que ton pays reçut des dieux.

» Tu vins , et ce barbare empire

» De superbes palais vit peupler ses déserts :

» Ils survivent à mes revers.

» Le voyageur qui les admire

» Retrouve Athènes dans Palmyre ,

» Et Zénobie encore occupe l'Univers.

» O Longin ! sur nos destinées

» Portons de moins tristes regards,

» Et de l'éclat de nos années

» Aimons les monumens épars!

» La jalouse et plaintive histoire

» Revient se consoler à leurs débris faméux.

    » Sous ces portiques orgueilleux

    » Retentit l'écho de ma gloire ;

    » Et respectés de la victoire ,

» Ils ont vu des Romains les ossemens poudreux. »

    « O reine ! la voix des orages

    » Se perd dans l'abîme des ans !

    » Mais de la sombre nuit des âges

    » S'échappent mille éclairs brillans.

    » Le temps , dans sa course éternelle ;

» Des grands peuples éteints, rallume le flambeau.

    » Où fut son antique berceau ,

    » A la voix d'un dieu qui l'appelle ,

    » Un vieux peuple se renouvelle ,

» Et sort jeune et fameux des ombres du tombeau.

    » Quel astre pur et sans aurore

    » Sort de l'empire du Trident ?

    » Quel vaste et nouveau météore ,

    » De ses feux baigne l'occident ?

    » O terre , reçois ce présage !

» Un génie inconnu descend sur les humains.

    » Seul , il balance dans ses mains

    » Des Césars l'immense héritage ,

    » Et des temps brisant l'esclavage ,

» Il va des nations rajeunir les destins.

» Césars de Rome et de Bysance ;

» Fantômes d'un pouvoir détruit !

» Un nouveau fondateur s'avance ,

» Fuyez dans l'éternelle nuit ,

» Fuyez : il affranchit l'Europe ,

» Rend un culte à vos arts, un peuple à vos déserts ;

» Rouvre les cieux et les enfers ;

» Et , des palais de Parthénope ,

» Jusqu'aux rivages de Canope ,

» Retentit le réveil qu'attendait l'Univers.

» Retiens , ô reine infortunée !

» Des vœux, des regrets superflus,

» Hélas ! ta gloire est détrônée ,

» Et ta mémoire ne vit plus !

» Retourne aux rives salutaires ,

» Où le vieux Univers repose enseveli ;

» Viens goûter l'éternel oubli

» De tes grandeurs, de tes misères ;

» Rentrons au sommeil de nos pères ,

» Le passé disparaît et son règne est fini. »

Ainsi le passé se colore

D'une impuissante antiquité ;

L'âge présent qui le dévore

Vient lui ravir l'éternité.

Mais tout l'éclat de sa mémoire ;

Inutile ornement de sa caducité,
    Charme encor la postérité ;
    Et des sépulcres de l'histoire,
    Un avenir rempli de gloire
S'exhale, en proclamant son immortalité.

    Réveille-toi, vieille Italie,
    Au bruit des armes et des camps !
    Que ta fortune enfin oublie
    Les Barbares et les volcans !
    Ton vainqueur t'aime et te révère,
Déesse des beaux-arts, déesse des combats,
    Pallas a dirigé ses pas ;
    Et de ta gloire héréditaire,
    Vengeant le coupable mystère,
Change en un jour brillant la nuit de ton trépas.

    Reviens, ombre auguste et chérie,
    Franchis des morts le triple seuil !
    O Virgile, avec ta patrie,
    Renais immortel du cercueil !
    Reviens, la tête couronnée
Du sacré rameau d'or redouté des enfers !
    Et chantre d'un autre Univers,
    D'un héros plus brillant qu'Énée
    Prophétisant la destinée,
Reprends aux mêmes lieux ta lyre et tes beaux vers !

Soudain quels flots d'oubli s'écoulent
Du sein de ces nobles débris !
Les siècles passés se déroulent
Et revivent par leurs écrits :
Tout renaît des cendres antiques ;
La ville de Pompée entr'ouvrant ses remparts,
Tout-à-coup se rend aux Césars ;
Et le long deuil de ses portiques
Est frappé d'accens prophétiques,
Qui dans ses murs déserts ressuscitent les arts.

A ce réveil de son histoire,
Le Tibre, long-temps endormi,
Lève la tête, et de sa gloire
Le Capitole a retenti.
Telle Aréthuse moins craintive,
De l'Etna qui s'éteint admirant le repos,
A soudain quitté ses roseaux,
Et désormais, loin de sa rive,
N'est plus tremblante et fugitive,
Et redemande Alphée à l'amour de ses eaux,

Mais sur le sablonneux rivage
De son pays désenchanté,
Le fleuve roule un flot sauvage,
Et l'amour en est attristé.
Ainsi la première patrie

Des héros et des arts languit sans souvenir.
    La Grèce , au sein de l'avenir ,
    Sous une lâche barbarie ,
    Égare une obscure industrie ,
Et la veuve des dieux tremble sous un visir.

    O si , de sa noble poussière
    Exhumant ton antiquité ,
    Tu la rendais à la lumière ,
    Tu la chantais avec fierté !
    O Grèce , il est un autre Alcide !
Les monstres sont détruits, les tyrans dépouillés ;
    Et tes monumens réveillés
    Appellent une main qui guide
    Les flots purs d'un torrent rapide
Dans leurs sacrés débris , que la fange a souillés.

    O fortune ! le fils d'un Scithe ,
    Jadis méprise par Xercès ,
    Aux yeux de l'Univers hérite
    Des lieux où régna Périclès.
    Relevez-vous , murs de Salone ,
Et ne redoutez plus les affronts du turban !
    Vous , sur l'azur de l'Océan ,
    Balancez-vons , tendre Alcyone ;
    Et vous , bois sacrés de Dodone ,
D'un oracle terrible effrayez le sultan !

Lassé des horreurs du carnage ,
Jadis un vainqueur dévastait
Des arts le superbe héritage ,
Et le barbare triomphait.
Mais sous des palmes moins cruelles ,
Le char du conquérant se promène aujourd'hui :
   Sa victoire est un sûr appui
   Qu'il donne à des races fidelles ;
   Et , baisant ses mains paternelles ,
La foule des vaincus se presse autour de lui.

   Chaque jour donne à sa fortune
   Un siècle d'immortalité ;
   Du passé la plainte importune
   Se perd dans sa prospérité ;
   A sa voix, un nouvel empire
Venge soudain des lois l'austère majesté ,
   La couronne et la liberté.
   Impuissante pour le détruire ,
   L'envie aux enfers se retire ,
Et le héros jouit de la postérité.

   Cette main qui , par les batailles ,
   Sur le trône a mis les Français ,
   Qui fait , du sein des funérailles ,
   Sortir la gloire de la paix ,
   Plus heureuse , reconcilie

Les siècles destructeurs et les siècles détruits ;
     Et des arts rassemblant les fruits ,
     Rend à la France rajeunie ,
     Les chefs-d'œuvre que le génie
Jadis pour ce héros paraît avoir produits.

     Partout les ateliers frémissent
     Du bruit des marteaux déchaînés ;
     Et les souterrains retentissent
     Du cri des flots emprisonnés.
     Partout aux inutiles ondes
D'utiles réservoirs à grands frais sont ouverts ;
     Et , des cavernes des enfers
     Franchissant les routes profondes ,
     Elles unissent les deux mondes
Par les vastes canaux qui joignent les deux mers.

     Sur les rivages de la Seine
     Libres enfin d'indignes fers ,
     Paris étale en souveraine
     Les dépouilles de l'Univers.
     Là , sous des formes colossales ,
L'antiquité confond nos superbes regards.
     Nobles conquêtes des Césars ,
     Là vivent sous des lois égales
     Cent beautés à jamais rivales ,
Et le palais des rois est le temple des arts.

Tels les oracles de l'histoire,
D'un grand homme font les destins,
Et le vengent par sa mémoire,
De ses jaloux contemporains.
Tel sous la main du statuaire,
Le marbre rend la vie et fait parler aux yeux,
Sur son tombeau silencieux,
D'une image immobile et chère
La renommée héréditaire,
Et la postérité vit avec ses aïeux,

Qui sauva, du torrent des âges,
Tous ces sépulcres entassés
Vieillards précurseurs des orages
Qu'ils ont fièrement traversés?
Une pieuse idolâtrie,
D'un culte filial couvre ces monumens,
Vestiges paternels du temps.
La reconnaissante patrie,
Bravant une ingrate furie,
La dévoue au respect de ses derniers enfans.

Là se confondent les fortunes,
Les talens, les vertus. les droits;
Là , sous des ténèbres communes,
Dorment les sujets et les rois;
Mais leur souvenir, d'âge en âge,

Tel qu'un avis du ciel, éclaire notre amour.
  Leur trépas est un long séjour,
  Notre vie est un court voyage,
  Et devant ce noble héritage,
Les générations s'inclinent tour-à-tour.

  Hélas ! non loin de ces murailles,
  Plus de dix siècles couronnés
  Semblaient garder les funérailles
  De cent monarques moissonnés !
  Vain espoir ! un cri fanatique
Profane la demeure, où, par d'antiques lois,
  Règne encor le sommeil des rois.
  En vain l'auguste basilique
  Exhale un soupir prophétique....
Les barbares sont sourds et les morts sont sans voix.

  La nuit ne défend plus leur tombe
  Des plus horribles attentats ;
  Le plus cher de nos rois succombe
  Au crime d'un nouveau trépas.
  Henri, tu revois la lumière !
Tes obscurs assassins, aux forfaits enhardis,
  Soudain demeurent interdits.
  Ah ! permets qu'une main guerrière
  Prenne un débris de ta poussière !
Henri, c'est un Français.... tu les sauvas jadis.

De nos rois les augustes mânes ,
Détrônés de leurs monumens ,
Revenaient dans ce lieux profanes,
Pousser de vains gémissemens.
Qu'ont-ils besoin de mausolées ?
Ces rois n'ont plus de cendre ; ils n'ont rien de mortel :
Premiers vassaux de l'Éternel,
Dans le sein de Dieu rappelées,
Vos grandes races exilées ,
Au lieu d'un froid tombeau demandent un autel.

Revenez , ombres fugitives !
Le sanctuaire vous attend :
La Seine a revu sur ses rives ,
Le trône antique renaissant.
Au temple de la monarchie ,
Pieux réparateur des outrages des temps ,
Un héros fait brûler l'encens.
O vœu digne de son génie !
C'est là qu'un triple autel expie
Les tombeaux dépouillés et les trônes sanglans.

Les vieux lévites de la France ,
Gardiens du culte sépulcral ,
Devant ce reste de puissance ,
Courbent un front épiscopal ;
Au bruit de leurs divins cantiques,

La funèbre Sion reprend sa majesté.
    Héritier de la royauté,
    L'empire, à ses caveaux antiques,
    Rend les sépulcres monarchiques......
Le peuple voit la tombe.... et fuit épouvanté.

    Poursuis, César, la route immense
    Que ton génie ouvre à nos yeux !
    Des siècles soutiens la balance,
    Les grands hommes sont tes aïeux ;
    Les oracles de ta puissance,
Du monde entier, peut-être, ordonnent les destins.
    Couvert de monumens lointains,
    Un temps mystérieux s'avance,
    Et l'astre brillant de la France
Fait redire à Memnon les vœux contemporains.

~~~~~~~~~~~~~~~~~~~~~~~~~~~~

ÉPITRE DE FONTENELLE,

SUR LE GYMNASE (1).

Du fond de l'Élysée, où je suis descendu,
Au séjour des vivans quel bruit ai-je entendu !

---

(1) Le Gymnase peut être considéré sous l'aspect des sciences qu'on y cultive, et sous celui d'une banque qu'on y fait fleurir ; sous l'un et l'autre il peut être utile, et déjà

Le Gymnase, dit-on, opère des miracles ;
Et ses moindres discours passent pour des oracles :
Le printemps y renaît au milieu des hivers ;
Sur de légers vaisseaux l'on y parcourt les mers,
Et Neptune en courroux les voit errer sur l'onde
Sans pouvoir réprimer leur course vagabonde :
Ils bravent les écueils, Neptune et les autans,
Et voguent sans dangers sur les flots inconstans.
Le mortel policé, l'homme encor tout sauvage
Y confondent leurs vœux dans le même langage.
Salut, dit l'Indien au Français étonné ;
Salut, dit le Français à l'homme basané ;
Resserrons désormais, par des sermens durables,
De la fraternité les liens adorables.

Ils disent : à l'instant la main serre la main ;
Qui s'estime aujourd'hui s'estime plus demain ;
L'un et l'autre bientôt longuement s'entretiennent ;
Et sur des chars sans guide ensemble se promènent :
Oui, dit-on, oui, sans guide et même sans coursiers,
Le Gymnase sans doute, est l'antre des sorciers ;

---

il l'a prouvé. Cependant Fontenelle ne le considère ici que
comme un établissement scientifique ; et son épître, deve-
nant une suite naturelle du poëme sur *le progrès des arts dans
la république*, nous avons cru devoir la placer ici. Les sciences et les arts se donnent la main, et ne peuvent guère
faire des progrès les uns sans les autres.

Il faut en arracher le crédule vulgaire ;
Lui désiller les yeux et fermer ce repaire.

Eh! pourquoi, s'il vous plaît, montrer tant de cour-
    roux ?
Je suis loin, mes amis, de penser comme vous ;
Sur une vérité qui pouvait être utile,
Je n'ai versé jamais les torrens de ma bile ;
Et de l'esprit humain connaissant les ressorts,
Je crois que rien n'échappe à ses nobles efforts ;
Qu'il peut tout découvrir, que la nature entière
Est soumise à l'éclat de sa vive lumière.
N'a-t-il pas, en effet, armé de nouveaux yeux,
Découvert par degré la structure des cieux ?
Avec l'aimant fidèle au pôle qui l'attire,
N'a-t-il pas sur les mers dirigé son navire ?
L'art de l'imprimerie, avec célérité,
N'a-t-il pas répandu l'auguste vérité ?
N'a-t-il pas terrassé les erreurs criminelles ?
N'a-t-il pas au génie enfin donné des ailes ?

Lorsque j'étais encore au nombre des vivans ;
On me disait jadis : vos illustres savans
N'ont pu jusqu'à ce jour commander à la foudre
A qui rien ne résiste, et qui met tout en poudre.
Franklin est arrivé, son bras audacieux
Aux rois ravit le sceptre et le tonnerre aux dieux.

Lorsque Charles , Robert , et Blanchard et Pilâtre
Ont parcouru des airs le dangereux théâtre ,
Ils ont frappé vos yeux d'un long étonnement.
L'art de décomposer le liquide élément
Du sage Lavoisier illustra la mémoire.
Des sciences encor que n'écris-je l'histoire ?
De quels traits j'aurais peints ces Icares nouveaux
Qui triomphent ensemble et des airs et des eaux !

Détracteurs du Gymnase , amis de l'ignorance ,
Pourquoi prétendez-vous par votre intolérance
Condamner les mortels aux tourmens de l'erreur ?
Dieu créa l'Univers , l'homme en fut l'inventeur ;
Descartes l'a prouvé : son merveilleux système
Semble émaner du ciel pour créer le ciel même.

Des révolutions l'historique tableau ,
En arrachant les morts du fond de leur tombeau ,
Occupe mon esprit , l'amuse et l'intéresse.
J'aime de Montesquieu la plume enchanteresse ;
Lorsqu'elle fait revivre et présente à mes yeux
Des antiques Romains le sceptre glorieux :
Mais Pline , mais Buffon me plaisent davantage ;
J'adore l'ouvrier dont ils peignent l'ouvrage.
Montesquieu , des Romains raconte les forfaits ;
Pline , du Créateur dévoile les bienfaits.
L'art a quelques appas , la nature est plus belle ;
Le bonheur véritable est d'être heureux par elle.

Palissi lui dût tout : dans son humble atelier ;
Contemplez un moment ce modeste ouvrier,
L'art ne lui fournit rien, il n'a qu'un peu d'argile
Qu'il paîtrit, qu'il transforme en un vase fragile,
Et qui, de quelques fleurs grossièrement orné,
Offre le lourd produit d'un travail obstiné.
De la simple nature obscur et simple élève,
Aux chefs-d'œuvre de l'art par degrés il s'élève ;
Il classe par degrés les divers minéraux,
Dans leurs plis et replis poursuit les végétaux,
Découvre leurs secrets ; et, savant sans prestiges,
Il frappe les regards d'innombrables prodiges ;
Il imprime aux émaux le plus brillant éclat,
De roses sur le verre il grave l'incarnat ;
Et par ses longs efforts, sa longue patience,
Il parvient en un mot à créer la science ;
L'humble potier de terre est l'égal de Newton.

Détracteurs du Gymnase, à l'aigle de Boston
L'aigle de Jupiter abandonne la foudre ;
Cet aigle qui jadis mettait le monde en poudre,
Et d'un art tout nouveau l'argile dans la main,
Le sage Palissi (1) vous montre le chemin :

---

(1) Bernard de Palissi était un simple potier de terre qui,
à force de travail, et surtout de patience, vint à bout de
découvrir les mystères les plus cachés de la chimie. Il

Auriez-vous pu sans eux commander au tonnerre ?
Sans eux que seriez-vous ? de vils potiers de terre.

~~~~~~~~~~~~~~~~~~~~~~~~~~~~~~~~~~~~~~

ODE SUR LA PAIX.

O paix ! céleste paix !
Le plus beau de nos droits,
Doux fruits de nos exploits,
Mère des vrais plaisirs, viens régner à jamais !

O paix ! charmante paix !
Secourable immortelle !
Par de nouveaux bienfaits
Enrichis nos guérets des présens de Cybelle.
O sainte paix ! viens régner à jamais !

O paix ! aimable paix !
Seul prix de la victoire ;
Du temple de mémoire
Élève tous nos vœux aux sources de la gloire !
O sainte paix ! viens régner à jamais !

---

inventa et fabriqua lui-même tous les outils et instrumens
de sa profession, parce qu'il vécut dans un temps où la
science était à peine connue ; qu'on juge du progrès qu'il
aurait fait dans celui-ci. Fontenelle, qui faisait grand cas
de cet homme extraordinaire, a dit, en parlant de lui :
*qu'il était aussi grand physicien que la nature seule puisse en
former.*

ODE SUR LA PAIX.

O paix, céleste paix !
Fais briller en tous lieux
Ces jours purs, radieux,
Qui rendent les mortels également heureux !
O sainte paix ! viens régner à jamais !

O gracieuse paix !
Redonne à nos contrées,
Si long-temps ravagées,
Cet éclat primitif qui les a décorées !
O sainte paix ! viens régner à jamais !

Délicieuse paix !
Doux prix de nos succès,
Fille de l'harmonie et des accords parfaits !
Viens régner à jamais !

O paix ! sœur de la gloire !
Cher fruit de la victoire ;
Toi seule unis l'olive aux lauriers de mémoire !
O sainte paix ! viens régner à jamais !

───────────

INVOCATION

A L'ÊTRE SUPRÊME.

Par M. BILLY.

Air : *La lumière la plus pure,*

O divine Providence !
Qui sur les faibles humains

Répands avec complaisance
Tes trésors à pleines mains ;
De notre reconnaisance
Entends aujourd'hui la voix !
Célébrer ta bienfaisance ,
C'est la ressentir deux fois,

L'homme jeté dans le monde
Semble en être le rebut ;
Mais bientôt tout le seconde
Et tout lui paie un tribut :
Contre un sort d'abord contraire
Qui peut être son appui ?
Toi ; dont la main tutélaire
Daigne s'étendre sur lui.

L'Univers est ton ouvrage ;
Monument de ta grandeur ,
Il apprend à rendre hommage
A son ineffable auteur.
Que ta sagesse infinie ,
Qui s'y peint sous mille traits ,
Offre à notre âme ravie ,
Un spectacle plein d'attraits !

Qui n'aime à suivre la route
De ces corps majestueux ,
Qui sur la céleste voûte
Roulent leurs mobiles feux ?
Ta puissance irrésistible
Sur cet océan sans fin

Est la boussole invisible
Qui dirige leur chemin.

Pour nous la terre se couvre
De renaissantes moissons ;
Et dans ses flancs qu'elle entr'ouvre
Nous puisons de nouveaux dons :
Émule de ta tendresse
Qui pour nous seuls a tout fait ,
Elle remplace sans cesse
Un bienfait par un bienfait.

Tu veux que l'homme lui-même
T'aide à faire ton bonheur ;
C'est de ta bonté suprême
Une nouvelle faveur ;
Grâce à l'active nature
Qu'il reçut de ton amour ,
Il devient de créature
Un créateur à son tour.

Du grand peuple qui t'implore
Exauce aujourd'hui les vœux !
Fais que toujours il s'honore ,
D'être libre et vertueux !
Du monde qui le contemple,
Du monde ébranlé par lui ,
Qu'il soit désormais l'exemple ,
L'amour, l'espoir et l'appui !

FIN.

TABLE

DES MATIÈRES

CONTENUES

DANS LE SECOND VOLUME,

.———

FIN DE LA TABLE.

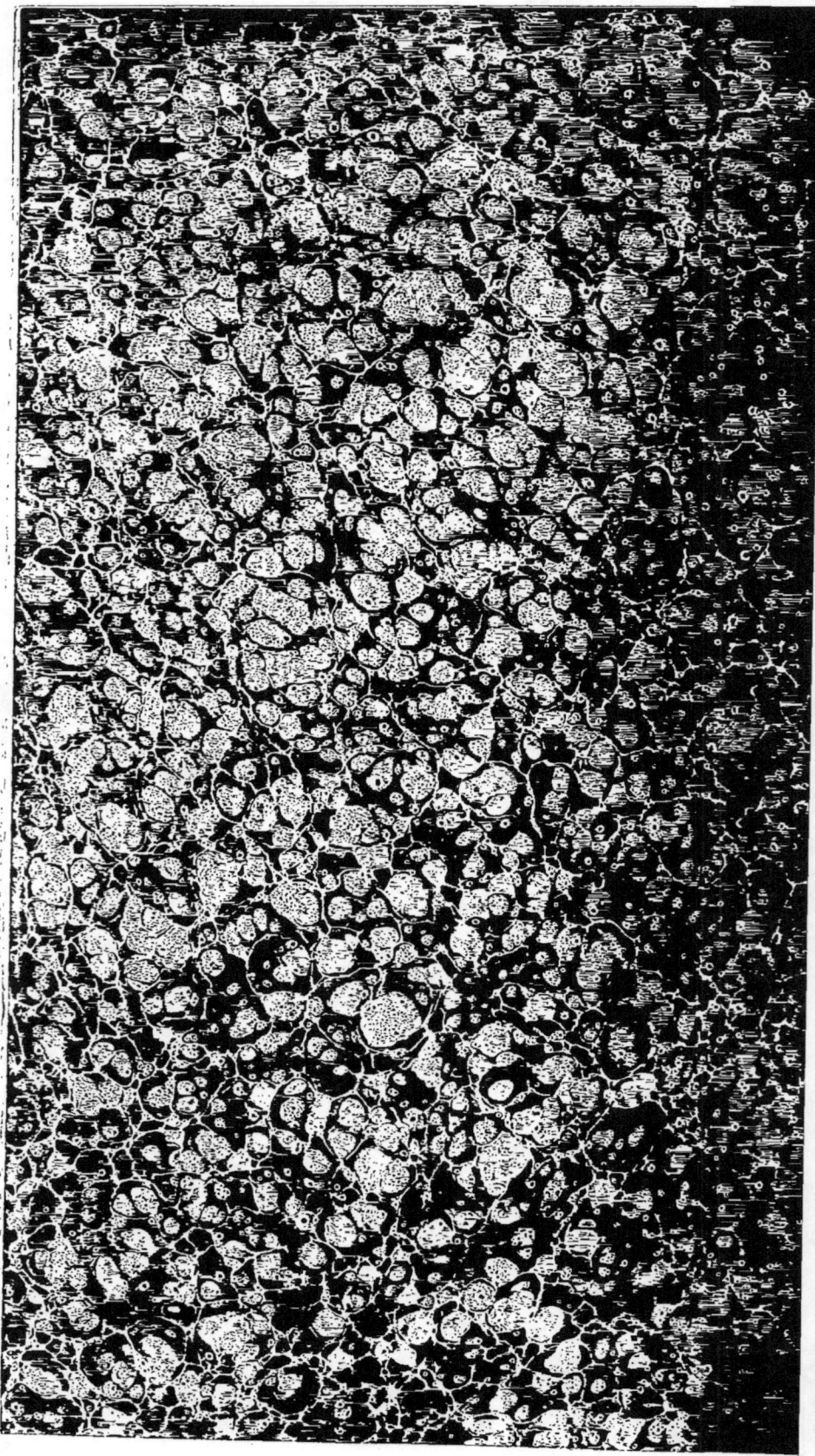

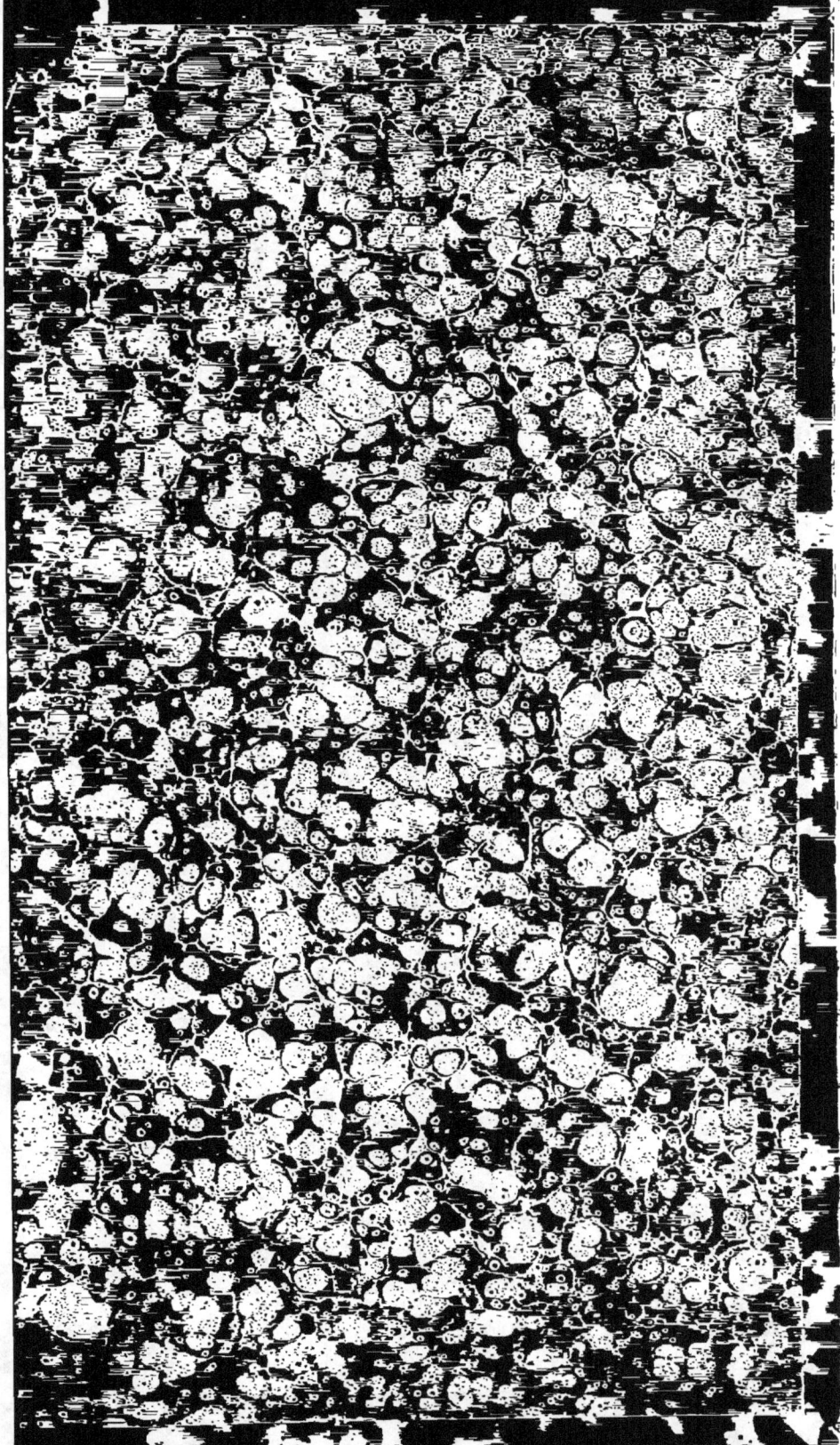